同聲集

徐原白·選輯

同文書庫·厦門文獻系列 第一輯 拾

厦门大学出版社
XIAMEN UNIVERSITY PRESS
国家一级出版社
全国百佳图书出版单位

图书在版编目(CIP)数据

同声集/徐原白选辑. 一厦门:厦门大学出版社,2016.8

(同文书库. 厦门文献系列. 第一辑)

ISBN 978-7-5615-6163-8

Ⅰ.①同… Ⅱ.①徐… Ⅲ.①诗集-中国-现代 Ⅳ.①I226

中国版本图书馆 CIP 数据核字(2016)第 154897 号

出 版 人 蒋东明
责任编辑 薛鹏志
特约编辑 章木良
封面设计 李嘉彬
责任印制 朱 楷

出版发行 厦门大学出版社
社 址 厦门市软件园二期望海路 39 号
邮政编码 361008
总 编 办 0592-2182177 0592-2181406(传真)
营销中心 0592-2184458 0592-2181365
网 址 http://www.xmupress.com
邮 箱 xmupress@126.com
印 刷 厦门集大印刷厂

开本 787mm×1092mm 1/16
印张 11.75
插页 4
字数 200 千字
版次 2016 年 8 月第 1 版
印次 2016 年 8 月第 1 次印刷
定价 190.00 元

徐元白（致青）一八九三—一九五七，浙江台州人。十六岁在私塾读完四书、五经。一九一三年经李济深介绍赴广州，随孙中山先生，参加北伐战争，一度宦游江、浙、豫、蜀各地，从事政法工作。善诗文、书画，工山水、花卉。年轻时从浙派大琴家大休法师学古琴，后遍访全国古琴名师，博收诸家特色，形成独特风格，被称为现代浙派琴家代表。所谱曲，北京音乐学院多有录音。

·徐原白（國畫　周旻作）

目録

前言

《同聲集》是一九一八年至一九一九年間駐防厦門同安的浙軍一師軍旅詩社——同聲詩社的詩集，詩社發起者徐原白選輯，己未年（一九一九年）四月刊印於同安。綫裝一册，手書上版。詩集分上、下二卷，卷上爲古體詩、絶句詩、五言律詩和詞，卷下爲七言律詩，共收録同聲詩社斯資深、林拯、周璋等四十位軍旅詩人從軍南下、入閩轉戰駐防一年間所作詩二百九十餘首（含詞數首）。卷前有率軍入閩的浙軍一師師長童保暄將軍、同安縣知事高㮏仙、同安名士張荄和周江達的序言四篇，選編者徐原白的《選輯同聲集序》，以及别署燦堂主人、戎馬書生、夢香龕主的三位軍中儒士的題詞。

一

同聲詩社是當時入閩駐防同安的浙江陸軍第一師軍中吟侶的結社。浙江陸軍第一師入閩時在一九一八年四月底，移駐同安則在當年九月底。

一九一七年七月張勛復辟被粉碎後，段祺瑞出任國務總理，掌控北京政府，卻拒絶恢復被解散的國會和『臨時約法』。孫中山南下護法，於一九一七年九月在廣州成立護法軍政府，於是形成南北政府對峙的局面。在這期間，福建與廣東之間發生了局部的南北戰爭。一九一七年十一月，粵軍侵閩；一九一八年年初，北洋軍隊自閩攻粵。四月，北京政府命福建督軍兼省長李厚基兼任第三路總司令抵厦門督師，又令浙軍援閩。浙江都督楊善德派浙江陸軍第一師師長童保喧率部入閩援戰。童保喧率部於四月二十五日抵達厦門，六月中旬連戰七夜攻克饒平，後因援閩粵軍的反攻而受挫。九月，童保喧部奉命回駐厦門。這時，閩粵雙方開始接觸談判，十月上旬雙方言和停戰。（關於閩粵之戰的情形，《（民國）厦門志》卷三《大事志》的記載有所出入，這裏主要依據《童保喧日記》等原始記載）

當時與閩浙軍作戰的粵軍，雖然名屬孫中山組建的護法軍政府，但實際上是打着護法旗號的南方軍閥。而當五月二十一日童保喧領兵從平和起程進逼粵軍時，孫中山已辭去護法軍政府職務，離開廣州。他在五月四日辭大元帥職務時曾發通電稱：『顧吾國之大患，莫大於武人之爭雄，南與北如一丘之貉。』（《辭大元帥職通電》，《孫中山全集》第四卷，中華書局一九八五年版，第四七一頁）孫中山已認清當時的南北軍閥皆爲一丘之貉。這時童保喧也有了與孫中山相似的認識，對軍閥戰爭給百姓帶來的禍害尤感憂傷。他在《克復饒平感懷》詩中寫道：『羞將戰績詳軍報，怕聽生民吁苦聲。兩粵川湘千萬裏，幾時同罷弟兄爭。』詩中表露了這種憂民心情及和談罷兵的願望。范毓靈、夏超等撰《閩浙軍援粵副司令浙軍第一師師長童公行略》稱：『公重念時事不可猝平，而戰禍遷延，民生重困，撫時感事，百端交集，居常鬱鬱若不自適。洎和議命下，公始欣然謂大局將有轉圜之望，贊同總司令劃定南北防界，戒飭兵士，申明約束，令不得相犯，各守邊圉，以待和局之解決。』一方面，作爲軍人奉命作戰，奮勇克敵，慷慨悲歌；另一方面，又感傷戰禍内亂，民生凋敝，希望和談罷兵。這種矛盾心態尤其是厭戰情緒日漸加重，且在全師將士中蔓延，從而構成了這部詩集的一種精神背景。

浙軍一師退回厦門後，於九月底奉命派部到同安、灌口一帶駐防。浙軍一師本多投筆從戎之文士，師長童保喧將軍本身就是横槊賦詩之人，自他以下將士，於軍旅之暇多尚吟詠。而在駐防同安期間停戰安民相對清閒的環境中，軍中將士吟詠唱和之風日盛。正是在這種情形下，一九一八年冬，軍中吟侶創立同聲詩社。

關於同聲詩社及其結社經過，歷史文獻未見記載。徐原白《選輯同聲集序》有簡要的記述：『結社聯詩，自古有之，惟軍中則少見。戊午春，閩疆兵事起，吾浙軍遠道相援，歷千山經百戰，辛苦固無足論。自停戰令下，駐防同安，諸將士投戈講藝，及於詩歌，風雅之聲爲一時播。是年冬，餘承林公憫時招，來閩相助筆政。抵同日，同袍中各出所作以示。慷慨悲歌，關懷時局者有之，回首庭幃，興思惓戀者有之，其纏綿悱惻，寄情於香草美人之詠者亦有之。捧讀之下，覺神情奕奕，常轉變於面目聲色間，不禁踴躍而喜曰：正始元音其在斯乎？爰發起聯結一社，以駐同同袍之義，名之曰同聲社。』同聲詩社成立後，軍中詩詞創作和交流盛況空前，於是有編印詩集之舉。其中起關鍵作用者，一爲徐原白，另一爲斯資深。二人後來都成爲中國現代藝術大家。

徐原白是同聲詩社的發起人，《同聲集》也由他選編。

徐原白（一八九三—一九五七），名元白，字致青，號原泊，別署原白，浙江臨海海門（今臺州市）人。少時在家鄉讀私塾，接受傳統教育。十七歲時離開家鄉南下。一九一二年途經蘇州天平山時，拜杭州雲居山照膽臺方丈、清末浙派大琴家大休上人爲師，研習浙派琴技。一九一三年經李濟深介紹，赴廣州追隨孫中山。一九一八年冬，由入閩之浙軍一師將領林拯（憫時）介紹，前來駐防同安軍中相助筆政。後參加北伐戰爭，任北伐臨時審判廳廳長何應欽秘書。北伐軍進入福建後，曾任縣長。後宦遊江、浙、豫、蜀各地，服官於政法部門。後棄官，以自身愛好專門從事民族音樂，尤其是古琴研究，成爲現代浙派古琴泰門。善詩能畫，著有《風雲閣贅談》等。

《同聲集》作者中作品入選最多的是斯資深。《同聲集》收録他的詩七十八首，超過總數的四分之一。詩集中和他的詩者也最多。他的《四十自述》（七律四首）有十人和詩，《銅魚客感》（七律四首）有九人和詩。斯資深不但是詩集最重要的作者，也是詩集的主要策劃者。扉頁書名是他的題籤，同安縣知事高梅仙作序、同安名士張荄和周江達作序，也都是他聯絡囑托。

斯資深（一八七九—一九五八），名道卿，又名逢源，字資深，浙江諸暨人。早年就讀於浙江武備學堂，辛亥革命中曾隨杭州新軍起義。任過軍職，爲陸軍將軍，又曾出任天臺縣長，戎馬閑隙以詩書畫自娱。一九一八年隨浙軍一師入閩，職務爲團附（中校銜）。一九二七年棄官，後一心致力於詩書畫，以賣畫爲生。書法學何紹基，畫擅長花卉，尤善墨蘭，是早期西泠印社社員。抗日戰爭時國土淪陷，百姓流離失所，他寫蘭不植土，題詩曰：『芝草無根蘭有根，堪憐故土半無存。一從風雨飄摇後，多少幽花帶淚痕。』民族氣節躍然紙上。新中國成立後被聘爲浙江省文史館館員。著述有《題畫詩鈔》《斯道卿詩選》等。

師長童保喧將軍對這一軍中吟事予以充分理解和支持。他爲詩集作序，在序中特别援引東漢名將祭遵雅歌投壺和南北朝時名將韋孝寬雖在軍中而篤意文史的歷史事例，用以證明軍旅與吟詠並不相悖，而可以是相輔相成的，也要求同聲詩社同人講詩合乎古訓，發揮『發憤起興』的功效。

二

《同聲集》是民國年間一部罕見的軍旅詩集，思想境界和藝術水平都很高。詩集的思想主題可以概括爲報國濟世、悲天憫人、懷鄉思親和尋勝訪道，主要内容有如下幾個方面：

一是對國勢時局的關切和軍人保家衛國浩氣壯懷的表達。

詩集充滿憂患意識，表達了對國勢時局的關切。有些詩還特别關注外敵的威脅和侵略，表達對國破家亡的殷憂。如『國勢千鈞懸一髮，邦交四面脅中華』（斯資深《銅魚客感》）；『邦交四面侵中土，兵禍三年苦萬方』（鄭波《同安軍中書感》）；『太息中原久暴師，山河破碎局難支』（周璋《雜思》）；『家國阽危如累卵，人民離散等飛花』（鄭鳳清《和斯道卿銅魚客感》）。外敵窺視，國家分裂，戰禍不斷，百姓蒙難，這就是詩人對國勢時局的認識。

面對外患内憂，他們抒發了軍人保家衛國豪邁情懷。在《和斯道卿四十自述韻》的同題詩中，楊超寫道：『爲國奔波不計難，知多豪氣洗儒酸。』任丹寫道：『投筆惟存恢祖國，從戎莫慢笑儒冠。』再如楊超《和徐子原白閩南客感韻》：『從戎敢説不雄風，血漬征袍暗染紅。國運横遭烽火劫，劍光試射斗牛宫。』周璋《行軍四時歌》：『揮戈長嘯寒不知，欲挽狂瀾待幾時。』輸誠報國，揮戈挽日，豪氣干雲，盡顯軍人本色。

二是對戰爭的厭棄、對兵災的憂痛和對百姓慘遭戰禍的憐憫。

詩集中有不少詩作直接描寫了連年戰爭給閩南鄉村環境造成的破壞，給百姓帶來的災禍。周璋的《秋興》六首寫盡經歷戰爭劫火的閩南鄉村的慘淡景象。如其二：『秋盡閩南百物殘，桃源何處卜居安。田園寥落罡風慘，村邑坵墟夜月寒。兵後家空遷宅易，戍中路斷出門難。歸來燕雀知巢覆，三匝啞啞繞畫欄。』楊超《閩南雜感》寫道：『荒煙兩岸人家少，烽火頻年暴骨多。』這就是戰後的慘象。李金培《駐防同安大安鄉軍次作》：『因有西山戍，提師驀地來。斯民多浩劫，端的爲兵災。』詩很直白、憤慨，直接揭露兵災是浩劫的根源。

痛感於戰爭造成的災難，鄭鳳清傷嘆：『劫後市廛餘瓦礫，滄桑變幻獨咨嗟。』（《和斯道卿銅魚客感》）吴中偉悲訴：『民生顛沛何須問，破碎河山劇痛嗟。』（《和斯團附道卿銅魚客感》）高葵舫則稱：『傷心最是紅羊劫，滿地哀鴻不忍看。』（《和道卿四十自述韻》）之所以『獨咨嗟』『劇痛嗟』『不忍看』，是因爲作者對百姓遭受的苦難有着深沉的惻隱之心，憐憫之情。可以説，周江達序中所言『憫黎庶之凋殘，致中情之悱惻』，正是這部詩集的基調。

三是對家鄉的懷思和對遠方親人的憶念。

懷鄉思親是千百年來遊子和征人吟詠的恒久主題，同樣也是這部軍旅詩集的重要內容。『天寒歲暮欲何之，萬裏鄉關動客思。』（鄭波《同安軍中書感》）在詩集中，遠離家鄉的征人從不同角度反復表達自己的鄉愁，演繹懷鄉的主題。如周璋的五絶組詩《征南將》其二：『久戍征南將，天涯夢故鄉。江湖隨地闊，明月斷人腸。』出語渾樸，意境開闊，而情感深邃，頗具感染力。鄭波的五絶

《月夜》寫道：『萬籟寂無聲，冰輪色倍明。不堪翹首望，恐動故鄉情。』自古詩人言望月思鄉，而作者反過來説，因怕思鄉而不敢望月，更見沉痛。

與鄉愁相伴着的是親情，是對遠在家鄉的親人的無盡思念。詩人感愴低徊，極寫纏綿悱惻之情。先看兩首寄給妻子的詩。

斯道卿的絶句《寄内》（五首其五）：『天寒日暮易生愁，望斷家鄉卧戍樓。卿亦近來曾有夢，南風吹送到西洲。』詩用南朝樂府民歌情詩《西洲曲》典及其表現手法：『海水夢悠悠，君愁我亦愁。南風知我意，吹夢到西洲。』這種手法，錢鍾書稱爲『分身以自省，推己以忖他』。《管錐編》論《毛詩正義》第三七則『陟岵』云：『古樂府《西洲曲》寫男「下西洲」，擬想女在「江北」之念己望己……「君愁我亦愁」、「吹夢到西洲」者，男意計中女之情思。據實構虚，以想象與懷憶融會而造詩境，無异乎《陟岵》焉。分身以自省，推己以忖他；寫心行則我思人乃想人必思我，如《陟岵》是。』（《管錐編》第一册，中華書局一九八六年版，第一一三至一一四頁）這種藝術手法常用來叙寫對遠方至親的思念，增强感染力。周璋的五律《寄内》：『遠戍久分襟，秋風兩地心。卿看窗外月，我聽客中砧。歃血兵將解，賣刀寇莫侵。班師知不遠，慢作白頭吟。』頷聯也是『分身以自省，推己以忖他』手法。頸聯『寇莫侵』化用杜甫《登樓》詩『北極朝廷終不改，西山寇盗莫相侵』下句句意，而又隱約讓人聯想上句，這在當時南北對峙和作者隨軍征南的境況下，深有寓意。

『征夫第一關懷事，白髮高堂有老親。』（斯道卿《寄内》五首其一）牽掛遠在家鄉的父母，自古以來是遊子思親最動人心弦的内容。『關山徒有還家夢，寸草春暉感不禁。』周璋的《憶母》七律四首，長言永嘆，最爲感人。如其二尾聯『白髮倚門應自語，天涯遊子近如何』，想象白髮慈母因思念遠遊兒子而倚門守望且自言自語的情景，顯然也是用了『推己以忖他』的手法。『白髮倚門應自語』雖然套用朱熹絶句《袁州道中作》：『今日已是臘嘉平，我獨胡爲在遠行。白髮倚門應注想，青山聯騎若爲情。』但設計了『天涯遊子近如何』的『自語』，比起單純『注想』（注望思念），已然『透過一層』，深入一步。

四是對閩南山川勝跡和人物風情的叙寫。

同聲社詩人在軍旅之餘，也登山臨水，尋幽訪勝，這在詩集中有大量的反映，從詩的題目便可看出。如：周璋《水操臺懷古》，楊超《過水操臺》《上大輪山》《遊梵天寺》，宋廉《大輪山遠眺》，雷迅《遊葫蘆山》，林拯《銀城晚眺》，趙玉秦《潯鄉晚眺》，斯道卿《鷺江月夜泛舟》《春日同安野望》《銀城晚眺寄吴養志先生》；斯道卿登同安城樓、葫蘆山、天馬山和遊梵天寺，也都留下詩篇。此外，如《同安竹枝詞》等，生動地描寫了同安的人事風情。也許是由於戰爭環境和詩人的羈旅心態，這些紀遊詩在贊美閩南風光形勝的同時，大多帶上了一縷傷感和一抹黯淡色彩。

這些軍旅詩人還熱衷於尋訪、結交當地文人名士，與他們常有詩詞交流、酬贈與唱和。斯資深《訪同安王子春不遇》稱『新詩惠我最關情……文字訂交心更切』，其《亭亭月夜贈雲航》又云『交篤朋儕肝膽傾，此日纏綿頻聚首』。可見，他們的交往温情脈脈，肝膽相見，不但作詩互贈，而且聚首頻繁。這些酬唱詩篇不但留下軍旅詩人嚶鳴求友，與當地文人文字訂交的一段佳話，而且還從一個側面反映了當時同安文人詩詞活動的若干場面，留下了厦門近代詩壇一些久已湮没的信息。

三

《同聲集》編印於戰爭年代的軍營之中，流傳不廣。隨着時間的流逝，特别是中國近代以來的滄桑巨變和人事代謝，同聲詩社的聲名早已泯没，這部詩集更爲稀見難得。除了厦門市圖書館外，國内其他各大圖書館幾無收藏，中國近代詩史、厦門地方文獻亦不見相關記載。今據友人提供之藏本掃描件影印，個别缺頁，由厦門市圖書館據所藏原版影印補全。

徐原白《選輯同聲集序》稱：選輯《同聲集》詩三百餘首後，又『選得邦人唱和及鄉關投遞諸稿百餘首，編爲附録；另以己詩附之』。這一『附録』之編是徐原白選輯的同一系列的另一部書——《同聲集附録》。該書於同年（一九一九年）孟夏刊印，遺憾的是，檢索國内各大圖書館包括厦門市圖書館藏書，均無著録。雖然坊間曾有個人收藏信息，但多方尋覓未得。因此，這次重刊《同聲集》，未能一並收録。

據坊間信息，《同聲集附録》開本與《同聲集》相同，封面書名由同安名士周江達（雲航）題檢，扉頁書名由高葵舫署檢；牌記爲『己未孟夏印於銅魚』，銅魚是同安的别稱。内容包括兩部分，一爲《同聲集附録》正文，係選輯厦門、同安各界人士（主要是同安名流，如周江達、黄鏡秋、吴宗翰等）與同聲詩社吟侶的唱和酬贈之作。另一爲《自集》，即選輯者徐原白本人的詩選。

徐原白的詩因結集編入《同聲集附録》，故《同聲集》未再收録。其《閩南客感》（七律四首），

《同聲集》中有多人和詩，現據臨海市詩聯學會編印《當代臨海詩詞楹聯選集》（續編，十四）附編，將原詩鈔録如下：

從征南下寄邊城，風雨蕭蕭感此生。萬裏飄零抛骨肉，十年奔走誤功名。者般時局何妨醉，如此江潮不可行。極目烽烟騰黑氣，客中擔盡許多驚。

遨聽邊防警耗紛，龍蛇起陸刮塵氛。邦基飄似殘秋葉，民氣浮於薄暮雲。狐假虎威常撲物，鼠爭人食每呼群。滔滔江水東流去，激楚歌聲静夜聞。

五色旗翻慘淡風，鷺江花放可憐紅。民膏吸盡扶桑日，國運遭殘磨蝎宫。痛哭淚花浮酒盞，哀吟心血滴詩筒。即今横海風波惡，誰挽狂瀾既倒中。

磨礱歲月不停留，飄泊江湖志未酬。濁酒借澆心上恨，新詩寄寫客中愁。傷時有淚成虚滴，報國無能賦遠遊。太息一般鼷鼠技，戈操同室未曾休。

這次重刊《同聲集》，又據《童保暄日記》（寧海縣政協教文衛體和文史資料委員會編，寧波出版社二〇〇六年版），整理《童保喧軍次厦門詩輯録》，計得詩三十多首，作爲附録。

童保暄（一八八六—一九一九），字伯吹，浙江寧海人。早年考入保定陸軍速成學堂，辛亥革命浙江起義發起人，被推舉爲起義軍臨時總司令。浙江光復後曾任臨時都督。「二次革命」時推動浙江反袁護國運動，任浙江護國軍第一師師長。一九一八年四月奉命率部入閩，援助北洋軍與粤軍作戰，兼任援粤第三路副司令，後改閩浙軍副司令。停戰後率部駐防同安。一九一九年五月二十三日病逝。時任浙江陸軍第一師師長、陸軍中將，五月二十七日追贈陸軍上將銜，六月五日其親屬扶柩回籍。據范毓靈、夏超等撰《閩浙軍援粤副司令浙軍第一師師長童公行略》載：『柩回之日，厦門紳商停市，各國領事均下半旗致哀。部中師友，浙中袍澤並開會追悼。素車白馬，傾城震慟。』

童保喧是一位儒將，《閩浙軍援粤副司令浙軍第一師師長童公行略》稱其『在軍雖百務填委，常手不釋卷，在閩中營次，猶日誦《曾文正公全集》及《春秋左氏傳》，作大字百餘，爲詩文自娱，暇則與僚屬討論古今，以詩歌相唱和』。當時入閩浙軍之所以在戎馬倥偬中吟詠成風，締結詩社，以至選輯刊印詩集，也是與童保喧的影響和支持分不開的。而童保喧本人的大部分詩詞作品，包括軍次厦門期間的詩作，乃至《同聲集》中多人奉和的原唱之作，卻都記在日記本上，伴隨日記手稿的長期塵封而湮没，直到二〇〇六年隨着《童保喧日記》的整理出版，始逐漸爲人所知。這些軍次厦門的詩作，真實地反映了一年來的時局變化和入閩浙軍的征程，表達了這位入閩浙軍最高指揮官的複雜心態，既是與《同聲集》相互輝映的藝術作品，也是進一步瞭解《同聲集》的創作背景和思想内容的重要史料。

洪峻峰

二〇一六年一月於厦門大學

同聲集

臨海徐原白選輯

同聲集

諸暨彭資深題

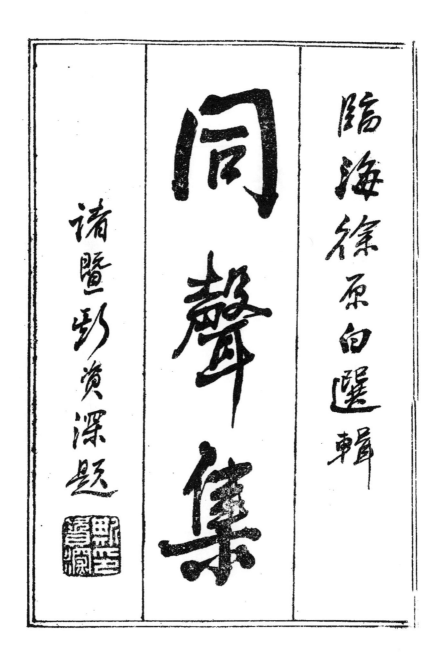

己未四月印
於福建同安

序一

自閩局戰戰余部隊駐防同安者將士於軍事餘暇偶涉吟咏蓋於同球人士之唱和雖瑕瑜互見不能當及古人要亦發物緣情自得已然積久遂彙集命曰同

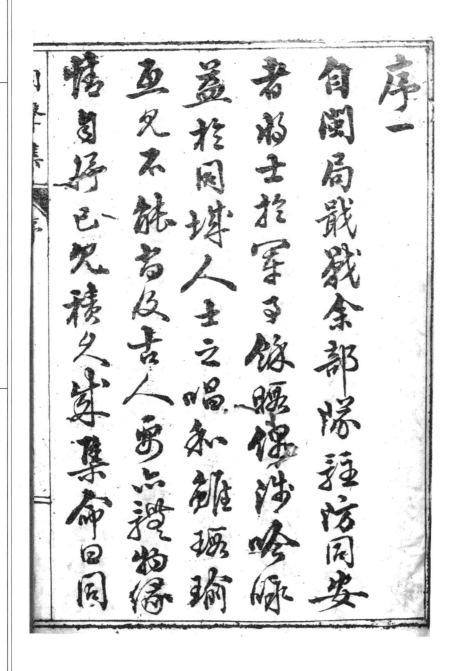

聲將終年氏嘯序於余余謂龍
蛇起陸戰禍未消莽莽神州已
無淨土吾輩人臥薪嘗膽尚
慮不足安有餘暇以及聲詩耶
然余讀後漢書載祭遵為將軍
必雅歌投壺禮及俎豆北史載

弟孝寬為行軍元帥，雖在軍中篤志文史，古名將指軍旅之暇，盡書文字，詩特其一耳。忠武穆行軍最嚴，而馬上詩歌尤較人難。諸夫子之詩路亦出者所許年。孔子曰：「不學詩，無以言。」又曰不以

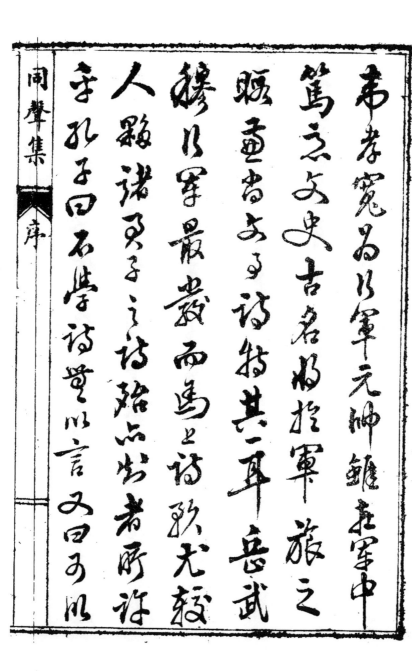

其可以怨深願諸君子之讀詩毋徒鍛鍊字句作蒼蠅聲為得發憤歌興以庶合於古人之訓而勉附徐弟諸人之後哉時己未春日　董保暄序

董保暄印

序二

之江山水之秀甲天下說者謂靈氣所鍾篤生俊傑故六橋三竺間往往有騷人韻士歌詠流連以與湖山爭美蘭亭脩禊此其濫觴時會所趨學者白異誦詩讀書之儒

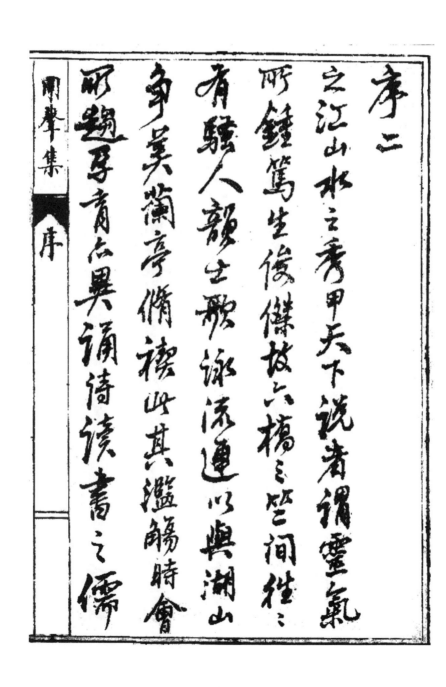

一變而為投筆從戎之士朝棄毛錐夕擁大纛軍行所至不廢弦歌磨盾投壺特樹一幟益信山川靈淑所鍾有自來矣吾友彭子道卿淹雅士也少習舉業長而從軍輕裘緩帶則羊叔子

之高風擊楫渡江則祖豫州之壯志
歲在戊午余以閩浙援粵軍著次
奉檄權理同纛是時君亦以協贊
戎機隨之旅設防與同晨夕過從甚
樂也而一時慷慨英傑下逮操戈
之士軍書以外唱和隨之既聯

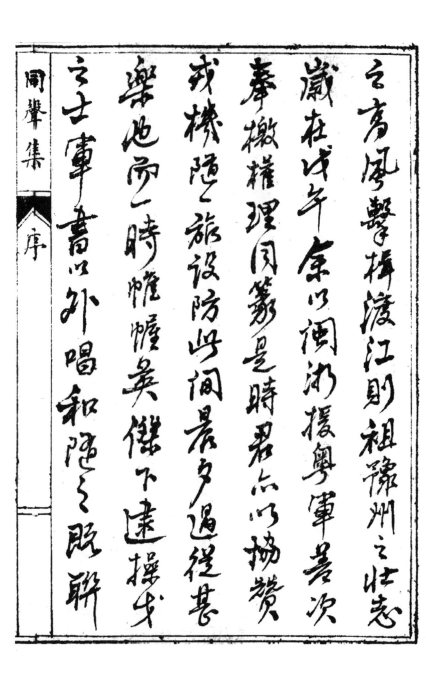

同聲集　序

鄉餖益抒雅懷慷慨悲歌若出
金石會諸君子有同聲詩社之
設蓋以名其集彰子屬序於余
余以其事同安別社以地名敵愾
同仇別社以事名同氣相求別社
以人名推之同袍同澤同調同賡

以志同者合之雅極聲應氣求之盛天涯聚首吾道不孤山水之靈鍾於毫素洵盛事也今天下健者方且枕戈飲血日馳騁於彈雨槍林以其戰績自鳴於世而彭社獨寄情嘯詠思以弦誦之聲隱銷鋒鏑之氣視

同聲集　序

建樹功業為餘事其志趣不同有如此余以江浙鄉誼共事一方不敢以譾陋不文辭因為述其緣起他日同社諸君還鄉衣錦出其一編掀髯於六橋三竺間以與湖山爭美追懷舊遊宛聚一室其快愉為何如

者是爲序

民國八年春人日

彭城高縣仙書於銀同官廨

序三

讀夫車攻吉日周宣之所以簡車徒也貝胄朱綅魯侯之所以膺戎狄也古人於出車命將之日往往託諸詩歌導揚盛美迄今閱數千年誦之

篇什猶繆然無覓鞠旅陳師時也乃若閩南之變寇盜交侵蹂躪生民爲百年來所未有之禍變象同狀況甚於他邑自城市以迄鄉村無處無之前蒙首長李公派軍禦敵旋蒞浙省帥長重

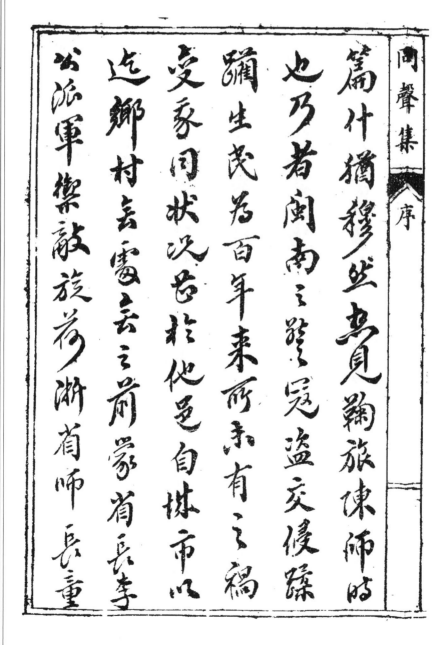

公統率軍隊來援於是中多要害處列營嚴守撫循黎庶漸就晏安所使來撫諸將校咸本休休之良士出為矯矯之虎臣說禮敦詩投戈講藝復能於奮勇克敵之餘作為詩歌互相酬答因合往來詩

稿都為一集顏曰同聲一以見同袍同澤奪人先聲也一以見同氣同聲雲龍齊起也一以見駐同數月而頌聲遠聞也季魯陶曰團樹斯君袖其集以示余披讀之有見集中古體律絶多篇其沉鬱

頡頏者慨然積健為雄也至細膩
熨帖者淵然應宮叶徵也至於
登臨奮諸作纏綿悱惻風雅宜
人則尤君東山零雨之詠薰及於
其新孔嘉也噫嘻盛哉得是集
而行於世固匪特謝花啓秀擇

為倚麗之詞抹月批風聽胡箏
琵之響也云爾謹序
戊午冬日同安張芳子庚氏書於
擷青書室

序四

戊午季夏同城兵事赴閩仲秋浙軍來駐鎮勤恤居民熙熙有家人意邑人士咸深感之以爲非猶夫人之兵也因既稔聞其將校多文士猶以未得一晤爲憾後數日中校

斯民道卿以二詩過訪憫黎庶之凋殘跂中情之悱惻乃知諸將校內外之養浦然以治詩者治軍宜其非猶夫人之兵也今冬斯民來袖一册示余曰此同聲集也軍中諸同袍所聯詠者

余受而讀之聲宏韻來豪放
而典雅高華而沉塞雖機杼
各出而一氣之鼓鑄無以異也
因噫嘻盛哉諸君子信以論詩
善治軍者也吾因有以喻之
矣夫軍之制勝不一而其要

以氣爲先氣盛則衝鋒陷陣攻堅突圍一往莫之能禦而又明紀律以肅其部伍精選練以充其勁銳軍容之耀如火如雲軍聲之震如雷如霆其嚴同聲罪也堂堂之旗正正

之數其出奇制勝如神龍變
化令人莫得而捉摸其奇正
相生無窮可擊也又如率然
之勢八陣之圖進如川湧止
如山峙指麾而左右之無不
如意此非神明乎孫吳之法

饜飫乎韜略之腴者能如是之乎然則諸君子之詩從可知矣昔冒辟疆有同人之集時論韙之然第一時苔岑之契耳是集一出風行波溢胥天下荷戈執殳之士忠愛而為揚風

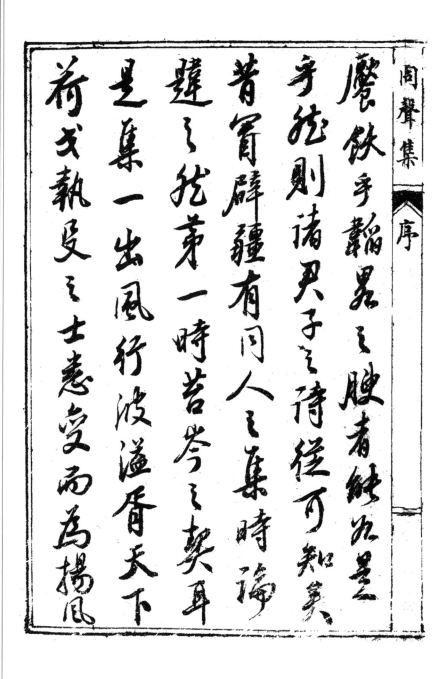

抱種之人溫柔敦厚共保和平
且百年無復軍旅之事則聲
之所同尤其大者言未竟斯
其輾然笑曰詞章非有關世
道者不足以傳世信如子言此
集其可以傳矣乎剞劂有日

同聲集　序

予其書之以弁於端遂執筆濡毫而爲之序

戊午臘冬　銀同周江遠拜序

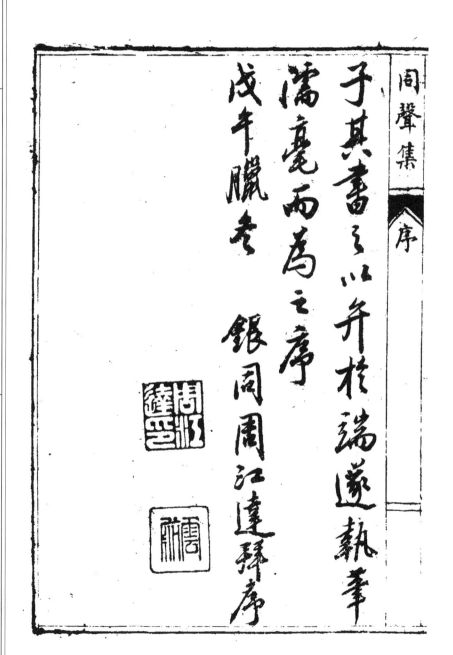

选輯同聲集序

結社聯詩自古有之惟軍中創始見戊午春閩疆兵事孔亟浙軍遠道相援歷千山徑有戰辛苦同甘足論自停戰令下駐防同安諸將士投戈講藝暇

同聲集　序

於詩歌風雅之藝爲一時播是年君宗承林公憫時招來閩相助筆政於閩日同館中秋出所作以示慷慨悲歌關懷時局者有之回首庭幃與里情戀者有之纏綿悱惻寄情於魚雁美人之

咏者亦有之捧讀之下覺神往爽爽常轉變於函同聲色間不禁踴躍而喜回正始之音在斯乎爰發起聯結一社以繫同同人之義名之曰同聲社上自將校下逮士卒借公暇之餘破寂

追寵賓戲當筵擊鉢鬬捷千篇或法擬排箋求安一字不穩音賡霜鐘亦賡綠漾垂丈壇坫陝築邪之名儁才人争於賭韻聲閣湘水九芝蘭舊契楊柳春閨鄭谷詩篇投遞不

絕響之所同寄矣異乎日暇矣稿既出積同社諸君子共議撰諸梨棗以紀一時之盛囑余選輯噫余何人斯惡敢當此重任然以諸君子殷勤委託又不敢以不文辭遂勉力以應得詩三百餘首

即以名社之名名之曰同聲集并選以郡人唱和及鄉閨投贈諸積百餘首編爲附錄焉以己詩附之卷既竣付之手民或問曰軍人之詩與文人之詩有以異乎曰無以異也雖雕蟲摘句有所未備而能之事外

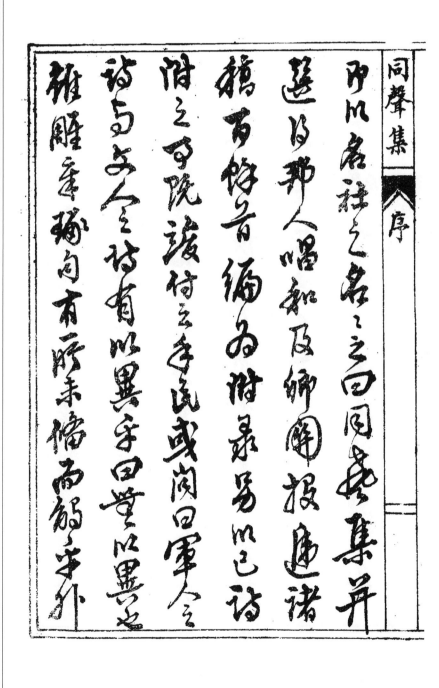

勤手中持寫性情，自鳴天籟，然
軍人如是，在女人如是，即非軍人
文人亦莫不如是也。散夫余詩
如讀者快矣。剞劂有日，爰捉
筆贅數言而序之。
戊午臘月臨海東白陳駿書

序桂同聲詩社

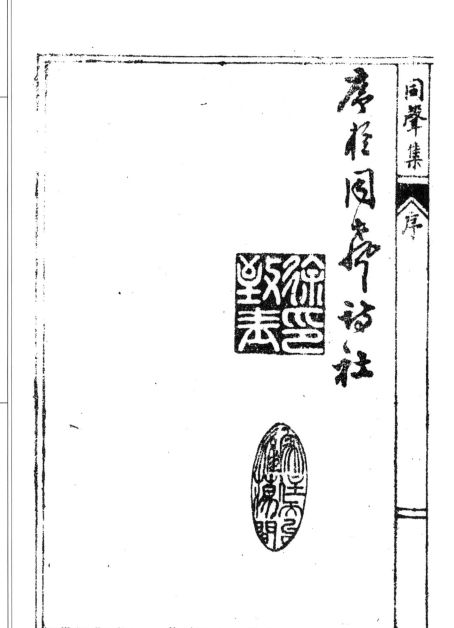

同聲集

題詞一

燦堂主人

長槍大劍倚天高三寸毛錐安足豪祖龍既死灰未燼文字於今等鴻毛麗江二氣傳靈異武緯文經取次備氤氳積久還復合卿雲絢為希世瑞六花陣演上將壇夜半文光射斗寒仙風泠泠送清響銀河飛下青琅玕中有衆仙霓裳譜露華朗潤珠光吐鸞清鳳脆叶宮商雲璈彈共靈簧鼓此曲祇應天上聞人

聞何處杷清芬我欲擫笛傍宮墻但見雲霞眩目耀
繽紛駭汗奔僵未敢云

題詞二　　戎馬書生

英雄氣概才人筆集有同聲德不孤一自墨花飛雨
後挫折如見黑雲都
久戍黃龍未解兵又環壁壘築詩城新詞譜入箏琶
唱知是鐃歌第一聲
勝蹟聯翩策騎過興來奮筆若揮戈姓名莫待標銅

柱此集人間已不磨

不是投壺即賦詩名心争想豹留皮樓船若許儂飛渡蓮社重陪酒一巵

題詞三　夢香盦主

樓船横海震貔貅四野黄雲一望收戰後文章憑數到雅歌猶見潁陽侯

銅琶鐵板唱伊凉底事長戈指魯陽澹蕩春風縈細栁劍花煥作筆花香

好手射鵰透碧雲却教君子自成軍和聲譜出南征
曲龍管鳳簫一例聞
立動銅柱自超超此集人間共不祧誰欲跨鰲淩碧
海請君同聽浙江潮

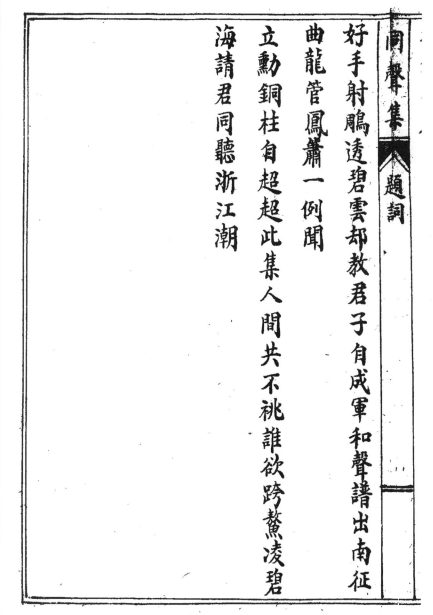

同聲集目錄

卷上

卷下

同聲集卷上

臨海原白徐致青選輯

戰飛龍嶺有序

林　拯

民國七年八月十五日率部襲石壁山轉戰飛龍嶺急雨狂風嚴寒刺骨與敵相拒計一晝夜遂佔此嶺作詩紀之

矗天高嶺號飛龍屹立東南氣象雄强敵負嵎如猛虎耽耽誰敢攖其鋒一日軍中傳羽檄奇師制勝襲石壁驟雨狂風聲萬千旌旗蔽空鼓喧天赫咤橫刀整部伍緣壁盤崖歷險阻振臂一呼山岳搖聲聲相應助威武此時雨急風怒號彈雨掠空殺

氣高酣戰不辨風塵色四顧茫茫天地黑夜冷衣單幾度禁殺敵心終勝苦心平明日出塵氛掃衆志成城一鼓擒敵勢不支倉皇走尸骸枕藉遍山阜話到功成白骨殘傷心何忍一回首

水操臺懷古 有序

周璋

鼓浪嶼孤立閩南鷺江中有鄭成功水操臺相傳公屯兵於此公少讀書補南安學廩生有儀容進見唐王王曰惜無一女配卿賜姓朱其父芝龍既敗降令招公不至公攜所着儒巾赴文廟焚之與其黨九十餘人棹小舟泊鼓浪嶼掠倭船以佐軍資收兵南澳得數千人稱忠孝伯大將軍順治四年克復鼓浪嶼自是克泉州漳

州各屬邑至十年五月固山金礪與公大戰於廈門公退保海澄八島餘邑俱不守十三年正月世子王大兵畧沿海州城公入島黄梧以海澄降海澄為廈之犄角漳之門戶而公之所以貯軍資也自是不得南征乃行北伐自克鼓浪嶼以來至是凡十年厥後克福州福寧温台等處十五年謀攻江南戈船八千兵數十萬十六年七月克瓜州鎮江等處八月到金陵圍之虜將穴城夾攻公敗績驍將皆死徒卒十存二三公歸廈島旋因勢孤奔臺灣康熙元年公卒

風微日暖天無雲水操臺前草欲薰江山萬古潮泙湃空憶忠

孝大將軍將軍年少讀詩書冠帶雍容美且都唐王一見心便
折配卿無女賜姓朱自從胡虜吞神州眼見銅駝涕泗流君辱
父降天地暗文廟焚巾誓復仇棹舟夜泊鼓浪嶼荒島嘯聚圖
大舉收集南澳數千兵霹靂重來若捲土一片旌旗海上飄寶
刀如雪各橫腰將軍登臺教水戰忠氣耿耿干雲霄轉戰閩南
幾千里十年攬轡勇無比安知人定難勝天海澄不保遂北指
八千戈船十萬兵排山倒海勢縱橫虜騎畏勢莫敢攖銜枚直
擣石頭城石頭城堅如峭巇落日聞兵力不濟相看白刄血飛
花前途倒戈誰復繼清涼山下聞鬼聲揚子江邊畫鷁唉斯人
悠悠嘆彼蒼歸來無面見君王隻身飄泊奔絕域吁嗟明社從

此亡只今鷺江留片石鐫石勳名論籍藉成敗安足論英雄敗事英雄更堪惜

偶感　林拯

世道淪亡極人類多鬼蜮見時笑逐顔背面心不測莫談感意氣遑論推衣食饑則受樊籠飽則揚遠翼愧我非至人難爲天下式

遣懷　胡文衡

水性本就下搏之可過額枯木得甘霖轉瞬成合抱人生亦何常隨遇獲所造眼見古今來英雄起潦倒事業運中成莫信志爲寳

其二

詩書有佳味，足以滌煩襟。燃燈拂几案，一卷自長吟。靜悟古人語，如見古人心。清姿雖未覩，高躅若可尋。遙遙千載上，緬想獨情深。

其三

落落悲秋至，覺得輕風好。夜月出東山，清光何皓皓。照影入池塘，使我心如擣。韶光不再來，紅顏更易老。行樂須及時，莫被秋光惱。把酒勸長星，聊以舒懷抱。

其四

魚兒水中住，悠然無煩憂。一旦吞鈎餌，竟向釜中遊。鵲鳥枝頭宿展翅得自由偶然累口腹甘向羅網投蠢茲么麽物不知遠釣羅陡起外慕心捨命苦相求宜似三春蠶繭成身亦休為人貴知命莫自昧前修試看風塵客古今路一邱營營何所事百年等重囚所以李老子高蹈騎青牛

其五

求名誠無謂不如種田好種田四時有收成求名頭顱不易保進退貴知機幾人喻斯道逃名槁死商山中惟聞漢時有四皓賢達從來能高舉輾轉思維欲拜倒春深矣長芳草歸歟莫稽遲西疇將播稻

新穀

斯資深

新穀登場日村莊婦女忙剛晴都出曬忽雨又收藏

同安陳晴峯贈余聯幅寫蘭以謝之　　前人

君有右軍筆我無子建詩一花題一首常覺染毫遲

其二

白頭一老翁談笑自生風寫贈空山草定然臭味同

題蘭　　前人

未入主人室清香已撲鼻為問何處來即此二三筆

偶感　　林拯

杜宇泣枝頭東山明月上一輪清且妍偏是客中賞

客感　　前人

霜冷客衣單悽然懷遠意臘鼓已敲殘征袍猶未寄

征南將　周璋

慷慨征南將霜刀日夜磨長驅師十萬鼙鼓動山河

其二

久戍征南將天涯夢故鄉江湖隨地濶明月斷人腸

前題　姚琮

風流征南將千金一笑中歸來何所有明月與清風

草人　前人

鶴唳風聲嚇人禽共此情老農精物理隴上設疑兵

遣興　周璋

日夕步辰田心無外物牽曲肱眠草地白眼望青天

其二

軍中無糾紛講武復論文行篋雖蕭索藏書重萬斤

聽徐原白撫琴感贈　陳兆麟

鍾期死已久天下知音難流水高山曲勸君不必彈

駐防同安大安鄉軍次作　李金培

因有西山戍提師舊地來斯民多浩劫端的為兵災

其二

此鄉多瘴癘染病奈之何惟有征南將臨戎志未磨

其三

兵以攻心上防先取勢宜伐謀無二訣得策勿疑遲

有感　　胡文衡

塡橋杳黃鵲咫尺人千里相思不相見月明樓獨倚

其二

百念如潮漲孤燈坐寂寥有誰能解意慰我可憐宵

月夜　　鄭波

萬籟寂無聲水輪色倍明不堪翹首望恐動故鄉情

抵茂芝前口占　　斯資深

閩粤毘連處征夫帶月行峯迴山路險溪曲水流清斷乳童能牧髫花女助耕山村鷄犬靜誰料有兵爭

病後　前人

底事病新愈睡鄉不可尋床前殘月照窗外一蟲吟室靜思偏亂更闌愁益深鬧雞難起舞徒自擁孤衾

初到同安書感　前人

相望銀城近徘徊古道邊夕陽紅似火秋水碧於天郭外多焦土城中絶暮烟剛才兵禍解忽又冦氛連

夜雨次於平遠韻　前人

夜雨欺明月嫦娥暗自悲風狂花落急屋漏客歸遲有夢偏驚醒聞聲益觸思明朝溪水漲漁子又逢時

其二

淒淒窗外雨入夜聽何悲漏斷鄉心切燈殘客夢遲護花空有意掬月費相思戍婦青蛾歛寒衾獨擁時

秋夜宴同安蔡氏山莊　前人

莫負此良夜先須盡十觴燈光爭月白酒色共花黃草木留春意語言辯朔方更闌情興洽重約到山莊

十月登同安葫蘆山有感　前人

秋深秋不見獨身翠微巔木葉未曾脫山花猶帶妍地肥滋野草日落冷炊煙此日登高望傷懷兵禍連

晚登同安城樓　前人

獨上城樓望長空送晚雷微風飄落葉細雨濕浮埃日暮鳥飛

倦山荒猿嘯哀俄時霽月出不約送愁來

過同安梵天寺　　前人

詎料莊嚴地付之一炬中金仙不現色寶地已成空古木留斜日殘花落晚風兵災何太劇禍及梵王宮

夏日雨後山行　　前人

誰把群山洗青光照眼明峯迴清靄聚路曲好風迎花落香猶在竹多寒自生日長不之覺處處聽蟬鳴

夜宿五通渡　　前人

零落殘秋夜蕭條宿五通樹凋窗漏月室陋燭迎風寂寂雲山外悽悽島嶼中天寒歲欲暮客思等飛蓬

邀陳君錦千訪周雲航　前人

邀友訪名賢行行忽在前巷幽知室雅園小喜花妍性近陶彭澤詩吟李謫仙高齋共暢叙欲去復留連

弔飛龍嶺死事諸兵士　林拯

慷慨遠從戎徒勞百戰功未酬憑式顧空抱繫纓忠就義神何懔成仁鬼亦雄果能真解脫長伴月明中

乘福康艦作　周璋

航海事南征飄摇萬里程兵多嫌艦窄人静覺潮生奄忽江山變奔騰天地傾干戈今未定何以斬長鯨

寄内　前人

遠戍久分襟秋風兩地心卿看窗外月我聽客中砧歃血兵將解賣刀寇莫侵班師知不遠慢作白頭吟

駐兵祥露頂有感　　姚琮

蹉跎復蹉跎抱鋏獨悲歌事簡心偏亂官卑話不多聊將戈作枕且把劍橫磨可惜光陰好都從閒裏過

曉起郊遊　　前人

柴扉重重掩蕩析莫須論四際塵埃靜一枝燕雀喧水光秋影罩山色曉雲吞惟有傷心處荒郊戰骨存

出征　　華鉅鎔

奉檄遠從役函刀向粵行山烟籠翠柳夕照爍紅旌曠野暫停

節平沙夜列營劍花如雪白萬里賦長征

春日書感　　前人

蝸角紛爭久緣何未解兵興亡匹夫責風鶴旅魂驚花氣流邊塞晴光淡古城眼前波轉綠觸動故鄉情

秋夜不寐　　於達

連日薰蒸氣釀成一夕涼微風偷入幞幽夢阻還鄉席冷驚秋早衾寒恐夜長蟲聲鳴不息撫枕獨徬徨

感時　　羅新

世路何巇嶮回頭獨愴然向風謀多士匡世望羣賢御石難填海摶雲欲上天焦桐未厭爐猶可駕鵾絃

奉和伯吹師長視師同安原韻　林拯

大將勤巡閱簷前鵲噪晴春風吹野幕瑞氣溢同城寬惠蒙多士深恩勞衆兵吾儕應自奮青史冀留名

前題　姚琮

冒雨勤巡閱天風忽放晴青山圍鐵甕赤幟耀銅城鵠立熊羆將雁行子弟兵聞鷄同起舞萬里待揚名

前題　陳兆麟

大將巡防日絲絲雨來晴東關灌口道西入銅魚城恩渥熊羆將病憐子弟兵三軍齊悅服永矢共功名

前題　郁象賢

眼底無醜虜胸中有甲兵萬民資倚賴百粤震威聲潮境曾摧敵泉州暫駐營三軍隨大纛鐵血促和平

前題　蔣伯南

極目烽烟起江山若用兵征旗翻日影彈雨激風聲駿馬馳邊境雄師宿野營荷戈長歎息大局幾時平

前題　鄭波

未服西南事難班援粤兵揮戈臨大敵奮勇奪先聲襲擊操神算運籌費苦營出奇能制勝不讓漢良平

久雨登乾坤亭有感　梁韞

乾坤亭上望乾坤眼底山河帶淚痕雨雨風風何日已征衣濕

透冷黃昏

溪邊閒眺　斯資深

長夏鄉村雨乍晴清晨閒望足怡情溪邊浣女如雲至一片砧聲和水聲

寄內　前人

萬里從軍冬復春調匀菽水仗卿身征夫第一關懷事白髮高堂有老親

家少城南二頃田飄零書劍幾經年而今贏得纍纍債肯為纏頭擲一錢

奔波異域三千里拋別家鄉一載奇他日歸來應莫笑星星鬢

髮白如絲

連綿風雨到平和二豎纏身喚奈何病榻呻吟行不得風聲鶴唳涕滂沱

天寒日暮易生愁望斷家鄉卧戍樓鄉亦近來曾有夢南風吹送到西洲

銀城晚眺寄吴養志先生　　前人

旅窗無計可消愁日落荒城還獨遊忽見天空孤雁返鄉書未卜幾時收

炊烟淡淡散荒村月映城隍魚欲吞萬里鄉關何處是愴然獨自坐松根

為同安周雲航寫蘭　　前　人

君家本是愛蓮花，底事幽蘭四壁遮。想是國香非易得，劇憐荊棘遍中華。

倥偬戎馬寫蘭芝，為恨周郎相見遲。留得名花伴名士，欲教别後慰相思。

寫蘭贈同安張子庚　　前　人

干戈遍地獨優游，座上春風吹未休。恨我從戎難久聚，聊將香草答詩儔。

為都晋奚寫蘭　　前　人

繁華世界孰堪親，誠樸如君有幾人。我亦揮毫甘素淡，不求花

樣屢翻新

拋郤西湖已一年閩南烽火復連天沙場揮寫山中草寄到杭州更值錢

題墨蘭　前人

揮就溪籐紙一張此身彷彿入三湘春風一陣當窗過不辨花香與墨香

胭脂買畫各爭妍空谷無人只自憐不羡牡丹顔色好人間富貴總如烟

題照代友作　姚琮

萬里飛鴻傳玉影細看肥瘦近如何桃花不復如人面知是離

愁分外多

同安偶詠　周璋

秋來暄暖異吾家不着綾羅着碧紗老圃相邀深院去菊黃猶見石榴花

贈周雲航　前人

剛在轅門待漏時閑緘忽見杜陵詩我提千百貔貅卒不敵騷壇筆一枝

閩南山勢亦崔嵬月出浮嵐眼界開驅馬鄉關千里路那知把臂爲君來

閒來偶多白雲村黃鳥時從林外喧收集奚囊舊詩草綠陰深

處訪高軒
相逢萍水話溫存一卷新詩對榻論自愧疏才如襪線也將小斧弄班門

寄友　　前人

雲山遠隔似商辰落月梁間情更真昔日常逢劉四罵不知今日罵何人

五通渡露營　　林拯

風寒月冷斗牛橫烽火江潮夢不成慨歎同胞塗炭久應知駭浪有時平
潮聲擁月夜蒼涼萬里行軍露與霜安得西南兵早罷湖山勝

處卸戎裝

感懷　　前　人

人生建業本維艱萬里封侯豈等閑半世自持惟意氣功名二字有無間

溪邊納涼　　陳兆麟

溪邊小憩愛風涼赤足科頭卧樹旁一卷殘書忙取讀兒童多笑我癡狂

惜花　　前　人

園中折得一枝花穠艷人人極口誇只爲將行便拋却不知此後落誰家

客思　前人

瀟瀟暮雨苦無聊爲念家山萬里遥一盞青燈伴永夜凄然垂淚到明朝

懷人　前人

惜别匆匆未盡辭情懷顛倒亂如絲而今惹得相思苦何若當初不識時

落葉　前人

底事西風并力侵蕭蕭黄葉打寒碪此聲偏入愁人耳惹得愁人愁更深

溪頭晚眺　楊超

夕陽紅映千山色遥望江村起暮烟野渡空橫流水急波聲響
到院門前

饒平戰事有感　前人

連山營幕映朝暾披甲銜枚過嶺村骨肉模糊猶劇戰血花紅
染馬蹄痕

過水操臺　前人

當年鷁首競江流今日荒臺片石留賸有東南半壁在樓船恨
未下蘇州

閩南雜感　前人

暮烟四塞夕陽斜紅袖當筵第幾家金鼓聲沉絃曲起將軍爲

聽後庭花
梯山百戰氣如虹三月蹉跎到朔風纔把南華秋水讀羽書又報啟元戎
荒烟兩岸人家少烽火頻年暴骨多最是傷心離亂鳥夕陽何處認歸窠

上大輪山　　前人

聞道大輪秋色好屏騶携杖上峯頭天風落葉蕭蕭下眼底雲煙一望收
莊嚴消滅鐘聲斷野火燔燒佛骨紅今日梵天歸浩刼更從何處問圓通

過鷺島見台灣林家有感　　前　人

門前盡挿台南樹一到秋來紅滿枝國破園林何處是落英頓觸故鄉思

偶感集龔定盦句　　前　人

風雲材畧已消磨紅豆年年擲逝波世事滄桑心事定江湖俠骨恐無多

西來白浪打旌旗震旦狂禪沸不支我有陰符三百字渡江只怨別蛾眉

少年奇氣稱才華浩盪離愁白日斜吟到恩仇心事湧金鑾並硯走龍蛇

雄譚夜半斗牛寒淚漬蟫魚死不乾若使魯戈真在手幾人怒馬出長安

弔南征死事諸子　　前人

黄土千堆埋碧血摩挱戰壘我心酸江山尚有烽烟劫試問寃魂安未安

武彝茶　　前人

朝上武彝掭茶葉日暮歸來纖手拭揀成香片試甘泉龍井天台齊滅色

題影　　鄭鳳清

宇宙茫茫暫寄身奔波端的為誰頻年來不少滄桑感惟此廬

山未改真

攻取飛龍嶺　　彭斌盛

盤崖步磴上高峯磨礪剛刀殺氣雄暴雨烈風寒刺骨終宵達
旦破飛龍

防守馬鞍山　　前人

羣峯環抱馬鞍山固似秦邦百二關孤駐一軍能拒敵丁甯部
曲莫疏閑

雨夜偶成　　陳一策

如豆殘燈影動摇簷前徹夜雨瀟瀟應知明日同安港添得舊
頭幾尺潮

遊葫蘆山　雷迅

纍纍古塚萋萋草觸處興哀涕泪垂極目扶桑雲影幻江湖滚滚夕陽低

小西山防地有感　程定遠

金風蕭瑟動憂思寂寞西山防守時一種情懷難解釋低佪苦詠斷腸詞

偶作　羅新

黄葉蕭蕭逐雁飛秋風天末怯單衣家中昨夜書傳至説道棉花未上機

自感　蔣培江

四十年來涉世難風塵潦倒度春殘而今人比梅花瘦不肯逢人仰面看

駐守馬鞍山　宋　廉

龍蟠虎踞馬鞍山天塹溪流似帶環築得縱橫堅堡壘健兒數十可當關

大輪山晚眺　前　人

携筇拾級上峯頭滄海烟嵐眼底收欸乃一聲聽更好斜陽影裡有歸舟

感懷　嚴　傑

十年戎馬歷風霜消盡輪蹄鬢欲蒼欲挽狂瀾仍未得傷時有

淚滴衣囊

題壁　　胡拯民

屈指韶光廿七秋蹉跎壯志未曾酬山河歷落征鞍破無限心胸感碧流

十年往事不堪論檢點青衫漬淚痕安得一杯乾淨土寒梅花裏葬詩魂

西湖四時憶　　胡文衡

東風斜拂柳條新別後湖山幾度春遙憶西泠橋下路孤坟如斗又何人　春

人生樂事自無多如此韶華客裏過遙憶輕舟湖上去晚風聽

唱採蓮歌夏

金風拂樹露珠含清夜焚香興倍酣遥憶湖山風景好一輪明月印三潭秋

西湖相望隔天涯滿眼彤雲織絳紗遥憶孤山山下路幾人踏雪看梅花冬

駐軍同安有感　　蔣伯南

遍地風霜意若何如虹壯志半消磨奔波萬里緣何事滿眼蓬蒿涕淚沱

北去南來奔走忙連年戰禍起邊疆瘡痍滿目心何忍猶怕群雄着武裝

羈愁　　徐耀

刁斗聲沉滴漏殘撩人鄉思太無端南天羈旅春將老夢裏還家得便難

不寐　　前人

客裏孤燈夜不眠瓶花相對逞芳妍思家萬里無聊賴新月多情到枕邊

望月有感　　鄭波

萬里從軍滯異鄉蕭蕭旅邸倍淒涼多情只有天邊月常送清光到卧床

駐軍同安有感　　魏守成

年來烽火黷神州日暮何堪倚戍樓觸耳胡笳聲悱惻不由人不動心愁

度日難　陳兆麟

度日難度日難思家萬里涕汍瀾飛鴻至今無消息怕見當頭一月團

度日難度日難客舍清清弔影單珍禽兩兩相呼逐飛向窗前不忍看

同安竹枝詞　陳一策

同安女子恠風騷鴂舌丁香蠻語操紅繡花鞋長一尺脚根墊得木頭高

棉布衫穿一色紅滿頭簪珥壓黃銅婆娘面已雞皮縐猶把鮮花插滿叢

前題　程定遠

綉鞋翹木高三寸步履跫然合角音但有一言須記取崎嶇道路要留心

一般姊妹鬧新奇棉布紅裳膝下垂頭上時妝看更艷野花堆得玉簪欹

前題　任丹

頭堆花草髻盤螺橫插荆釵若荷戈天足一雙輕便慣沿街踢蹋木鞋拖

湘竹為簾門面遮晚天紅映夕陽斜其中忽作鶯聲囀何異春藏蘇小家

感時　胡文衡

浩刼河山幾換年豐碑偉象卧荒烟麒麟閣上歎前賢當時誰道功名賤夜夜愁聽泣杜鵑

韓彭蕭曹功顯丕威名文彩令人思那知鋸鑊相追隨留侯辟穀深山去的是千秋一可兒

醜婦詞　姚琮

醜醜婦福命長薄酒真堪醉粗布可為裳倚風妙質待人扶爭如撲面之孟光君不見西子亡人國貴妃喪己身紅顏自古多

磨蝎聾鼓烽烟愁煞人所以酒家辨前疑當作珍妍媸何易念好惡總無因請看屈曲不材木自能長享四時春

除夕醉後書感

胡文衡

昂然一種屠狗態燕上風雲心早灰若思驚天動地鼓浪轟雷那肯如駒侷轅下似鰍伏田隈壽高幾人過百歲生不甚歡死自良三尺桐棺一抔土貧賤富貴共蒿萊勸君莫想千秋事長使胸懷鬱不開慷慨悲歌亦無謂快把金甌傾綠醅醉倒如泥渾不管黑甜鄉裏自徘徊

行軍四時歌

周璋

萬里春光滿眼新微風吹面武裝輕馬蹄踏處草如茵奮身直

欲工崑崙

清香飄忽芰荷風赤日行天火傘紅萬里馳驅汗馬功銅琶高唱大江東

霜侵寶劍風侵刀懍懍寒光映戰袍長途驅突過臨洮猶憶當年霍嫖姚

沙迸石凍馬歸遲朔風颯颯葭管吹揮戈長嘯寒不知欲挽狂瀾待幾時

行樂子　述懷　　胡文衡

薄宦羈身慾海沉淪指輕彈悔誤青春天涯孤客誰可相覷賴瓶中酒書中友月中人　競利爭名終喪天真若生涯恁祇魚

巾何時歸去做個閒民占一方山一溪水一竿綸

南柯子 述懷　　前人

倒酒驅愁悶擘箋短句成風雲棖觸氣難平隱約龍蛇腕底起縱橫　翻借杯中物換將世上名卧龍躍馬終黃土試問人生何事苦營營

減字木蘭花 有見　　前人

日無個事茂起尋芳春意思步次田家有女娉婷貌如花　輕盈婉媚西子南威差可比如許年華何事溪頭自浣紗

亂人意緒眼角傳情羞不語魂蕩花前日暮歸來惱獨眠　多情似予欲把如花金屋貯相愛相憐莫被春光笑少年

洞天春　惜春　任丹

何事春來起早，祇爲落花未掃。無情最是階前草，徒以增煩惱。幾度風塵擾擾，又是一年過了。蝴蝶夢中杜鵑聲裡，客愁多少。

同聲集卷上終

同聲集卷下

臨海原白徐致青選輯

秋興

周璋

蒼然秋色滿征途物態繁華轉眼無堠火常隨燐火焱霜花曾和荻花鋪蕭疏原上青林薄悽慘江頭白骨枯人事天時催正急撫膺披髮獨長吁

秋盡閩南百物殘桃源何處卜居安田園寥落罡風慘村邑坵墟夜月寒兵後家空遷宅易戍中路斷出門難歸來燕雀知巢覆三匝啞啞繞畫欄

千巖敗葉落飀飀萬里長風入不毛嶢屼雲峯連地矗巔奔騰雪

浪拍天高越台霜氣干鋋懍閩嶂兵威草木號猿鳥聞聲相對語何來足跡亂蓬蒿

罨靄西山夕照沉他鄉明月故園心司更孤雁棲蘆葉投宿寒鴉噪樹林玉宇涼生衣更薄銀燈思悄漏還深旅窗已覺蕭條甚況復鄰家急杵砧

閒雲野鶴感萍蹤轂雲秋光今又逢一片金風颭鐵馬三更玉露滴銅龍哀時孝若年嫌暮悲氣河陽鬢改容萬里關山頻作客孤燈誰與豁幽悰

青山朝夕傍城闉獨對江樓坐翠茵鷹隼勁飛青靄外鷺鷥玉立敗荷濱上書賈誼腸偏熱下第劉蕡志未伸傲骨年來仍是

舊經冬自耐歲寒射

步道卿偶成韻　　前人

烽火關山國步難共嘗風雪味辛酸半行雁陣驚年暮四壁蟲聲數夜闌禿筆一枝思草檄雲程萬里慶彈冠君爲馬首吾隨後世路茫茫仔細看

滔滔歲月易蹉跎一事無成可奈何人到中年歡樂少客居異地苦愁多夜寒戎幕袍難暖日落沙岡馬不過萬里江山翹首望茫茫大地鼓風波

轉瞬光陰忽四旬平生何敢失天真生無媚骨難隨俗腹有丹心坦示人里正歸來悲白首判司捶楚痛紅塵年來僚案知多

少同氣相逢話最親
異鄉風味已深嘗半是儒冠半武裝玉笛吹來千日短羽書飛
到一時忙牀頭醖酒歡邀客筆底蘭花品稱王佳句錦囊收更
盡蓬門為我送芬芳

憶母　　　　　　　　　　前　人

北伐南征兩變遷高堂同在古稀年心傷椿樹今安在願祝萱
花晚更妍世亂空懷萊子彩才疎敢着祖生鞭為承菽水知何
日親舍雲深倍黯然
頻年戎馬事奔波拜別慈闈日已多手線縫衣猶密密容顏覽
鏡漸皤皤衹因風鶴傷歸路安得霞觴奏凱歌白髮倚門應自

語天涯遊子近如何
潦倒風塵直到今顯親慢説報恩深像留麟閣成虛願膽試熊丸枉費心嘗果愁無懷袖橘開尊愧乏杖頭金闕山徒有還家夢寸草春暉感不禁
媊星朗照九秋時每到重陽動我思黄菊慣酣稱壽酒白華且詠補亡詩茱萸試插思兄愛糕餅分嘗憶母慈容路三千心一寸幾時歸去賦烏私

舟山夜泊　前人

斷梗飄搖大海中天南地北又西東蒼茫煙水疑無陸縹緲雲山極太空舊地錢塘門户接故鄉浣浦楫舟通淒涼午夜聞何

物惟有颼颼鼓浪風

除夕次徐原白閩南客感韻　　前人

那堪佳節客邊城浪跡無端過半生豈自蠅頭爭俸祿聊從馬上博功名杯盤且看人同酌烽火偏憐我獨行隱隱鎗聲還未息更教爆竹夢魂驚

隨緣蓬梗暫勾留沽酒吟詩樂唱酬醉後高歌忘世事醒來閒話數心愁桃符換舊門常閉朧鼓敲殘客遠遊四顧茫茫天地窄名山何日賦歸休

從征赴閩舟中晚眺　　斯資深

船頭獨立望無涯渺渺長天日影遮帆遇順風舟似馬浪衝懸

石水開花漁歌聽去多餘韻孤鷲飛來帶落霞好景從來看不足征衫映照夕陽斜

從軍赴閩舟中感作　　前人

纔到甌江又向閩征夫原不畏艱辛乘風破浪心何壯錯節盤根志未伸此去但求平大局所過切戒擾居民同心同德能成事豈獨名揚浙水濱

病中有感　　前人

一榻孤眠夢不成病中棖觸故鄉情秋蟲伴我鳴同調夜鳥驚人弄惡聲樹影搖窗疑鬼瞰月光入室訝天明終宵轉側身尤倦半似昏迷半似清

病後聽雨有感　　前人

階前淅瀝夜三更床褥支離夢未成得句慵書多不記作函熟字忽然生客居異地鄉心切病到危時世念輕報道前軍消息惡孤眠一榻愈多驚

行經西壁嶺　　前人

岧嶤西壁削難成合沓攀躋暗自驚路險不堪回首望峯高只好屈身行山花放處無人賞林鳥飛來若我迎借問道旁征戰客究因何事向前程

茂芝前野望　　前人

鞍馬匆匆帶月行茂芝小住似蓬瀛崇山環列千重翠曲水橫

流十里程帶笑幼兒隨父牧含情少婦助夫耕村庄未覺兵臨境日落猶聞打稻聲

病後感懷　前人

淒淒旅舍一床横檢點征衫淚尚盈懶作家書因手倦空懸寶劍聽雞鳴邊疆劇戰懷同役匹馬長嘶負此生大敵驟臨何所畏獨逢二豎暗心驚

茂芝前晚眺　前人

獨步村前夕照明徘徊四顧動離情山高風急飛禽倦溪險橋危過客驚少婦助耕隨婿返老翁罷釣帶孫行鄉關萬里歸期杳徒對斜陽感此生

夏日鄉村閒眺　前人

羣山繚繞一溪流，閒步青郊足解憂。驟雨常瞞紅日至，淡烟化作白雲浮。老牛入水鞭難起，小犬逢人吠不休。非是嶺南烽火急，此間風景願勾留。

登天馬山　前人

岧嶤天馬孰堪儔，此日登臨足解憂。邇樹葱龍齊仰首，遠山繚繞盡低頭。晚來細把星辰數，曉起還將雲霧收。不上奇峯高處望，平生志願豈能酬。

四十自述時駐紮饒平　前人

年及無聞事事難，逢人賀我轉心酸。讀書十載身多病，試策三

科與已闌肯來殘篇投遠筆未甘趨勢博高冠而今猶是春無主花落花開冷眼看

光陰虛擲嘆蹉跎强仕年華奈復何重過甌江行色異獨歸秀水感懷多人情翻覆渾難測仕路崎嶇豈易過惆悵輕肥衣馬客翩翩不覺有風波

書劍飄零倏四旬寸心只恐失天真一生嗜好無他事半世情懷屬美人余愛寫蘭已二十年閒眺浮雲輕富貴劇憐弱草寄風塵心香惟祝高堂壽常舞萊衣色笑親

敢説艱辛已備嘗今朝猶自着戎裝暗憐獨有爺娘切遥祝空懷兒女忙萬里悲秋還出戍十年浪跡只從王勳名未厭蒼生

望愧向東山並歲芳

偶成疊前韻　前人

錯節盤根不畏難生平最厭是寒酸檢書燒燭更嫌短橫槊賦詩興未闌豈為功名冒矢石非因觀望正衣冠男兒得失何須計莫使明人帶笑看

天時人事兩蹉跎髀肉復生可奈何報國鄂王功赫赫將兵韓信計多多三千里路飄然至廿四番風倏爾過轉瞬菊殘梅又放東風吹雪作春波

說道古稀只七旬吾今何若養吾真閒時作畫渾忘我勝日尋芳不讓人官小還欣詩有味家貧僅免甑生塵自憐才拙知交

少惟有琴書日夕親

年來世味已深嘗隨地何妨暫卸裝立足穩時常覺逸用情深處不嫌忙楚詞致意多香草江左論才有野王渺渺予懷何所寄名花名士兩芬芳

晚登同安城樓懷黃祝甫即次見贈韻　前人

荒城四顧孰為傳寒樹紛紛宿鳥投一塔日斜山更瘦雙溪秋盡石爭流月明古塞同誰賞砧急遠村感客愁極目鷺江何處是憑欄空憶韓荊州（時君住廈門尚未晤面先賦一律贈余）

同安高叔崧聞余名見贈二律即步韻以答　前人

干戈擾攘遍神州，我亦從戎不自由。萬里烽烟阻南北，半生霜雪度春秋。花明東閣無心賞，燭暗西窗獨淚流。安得吟旌還舊地，軍書餘暇結詩儔。

揚鞭疾走過朱門，不慣奴顏暗乞恩。只愛新詩滿東壁，何妨微祿滯南轅。才華似我誠多愧，齒德如君却並尊。更羨江郎懷彩筆，雲烟落紙妬乾坤。

為辛立儕寫蘭　　前人

纔卸行裝索寫蘭，征夫未獲片時安。揮毫無異揮戈捷，布局還同布陣難。美酒數杯添筆興，幽情一縷寄毫端。軍書旁午不知倦，寫出名花秀可餐。

訪同安王子春不遇　　前　人

新詩惠我最關情，底事緣慳難識荆。造府猶違風月貌，入門先聽管絃聲。適有三人彈御前清曲 落花鋪遍未曾掃，好鳥亂啼欲送行。文字訂交心更切，還須重擬謁吟旌。

答瞿楚才次見贈韻　　前　人

旅窗秋盡朔風寒，讀罷新詩淚未乾。莫道儂揮露布易，也知君作嫁衣難。良時賈誼書三上，挾策馮驩鋏再彈。宇宙茫茫知已少，試看烟霧早瀰漫。

銅魚客感　　前　人

榕樹陰陰楓葉摧，天寒日暮獨徘徊。橫空一雁銜蘆返，出岫孤

雲伴月來兵後蕭條雞犬靜客中況瘁鬢毛催風塵荏苒吾將老底事猶聞畫角哀

寂寂河山落日斜那堪旅邸聽悲笳風來林際飄霜葉浪湧江間撥雪花國勢千鈞懸一髮邦交四面脅中華紛爭蝸角緣何事多少生靈暗痛嗟

客裏光陰倍覺長銀城歲暮且徜徉飛來好鳥為良友看到寒梅似故鄉温飽原非平昔志功名却累此身忙飄零十載征鞍破猶是萍踪滯遠方

情緣纏煞世間人未若拈花味素真意到逸時煩惱散觀從樂處笑談頻河山已被烽烟劫詩酒猶留天地春花落花開都不

管一竿垂釣鷺江濆

銅魚垂釣　　前人

銅魚名勝足句留奚必桃源放釣舟雨過波光揺半郭日斜塔影罩重樓子陵有意辭青眼呂尚無心竟白頭箬笠芒鞋應自笑茫茫天地一沙鷗

夜泊劉五店　　前人

日落荒村夜色涼扁舟停處水泱泱颼颼蘆葉風疑雨皎皎沙堤月似霜數點漁燈鷗夢靜幾聲砧杵客心傷家鄉拋別又經歲猶是相思各一方

戊午十二月二十三日感作　　前人

去年今日渡錢塘，身世飄零暗自傷。甌水重遊虛歲月，閩江久住歷風霜。半肩行李多非舊，一載光陰倍覺長。此夜離愁難解釋，應知有夢到家鄉。

感贈徐原白次閩南客感韻　前人

醉後狂吟斗室中，唾壺擊碎燭光紅。須知妙句驚塵世，定卜前身住月宮。作畫爭誇懷彩筆，買書不惜罄錢筒。清奇如此誠堪羡，却願趨塵拜下風。

安得奇書擁百城，閒來笑讀慰平生。霍光不學慚無術，曹植多才獨著名。一夕談心情意洽，千言落筆鬼神驚。識荆偏在關山外，願醉春風萬里行。

不喜門前車馬紛偏憐白也絕塵氛胸無俗翳如秋月文有奇峯似夏雲落落金吾吹鳥毳翩翩嵇紹出雞羣君身非是有仙骨那得才名到處聞

飄來海外暫句留一見傾心樂唱酬興到酣時常率性情當切處易生愁華亭妙筆董元宰淮海新詩秦少游白雪調高驚巴里幾回欲和幾回休

謝高叔崧畫贈花卉草虫册頁十二幅　前　人

幾幅霞箋成大觀鷺門遥寄意何安幽蘭自覺揮毫易衆卉誰知賦色難石補殘天原有用虫鳴寒樹豈無端賦詩爲謝生花筆何日相逢得識韓

旅窗書感　　前人

人生得失亦何常磨練心身當自強弱草經霜頻改色名花落地尚留香雲飄海外渾無定蝶舞花間不覺忙歷盡艱難雙鬢白未輕拋卻是名場

奉贈伯吹師長　　前人

漫說年來世事艱飽經霜雪鬢毛斑狂風鼓浪鷗偏逸驟雨侵松鶴自閒橫槊賦詩戎馬裏圍棋卻敵笑談間襟懷瀟灑動名著極目塵寰孰與攀

春日同安野望　　前人

萬里江關一樣春芳郊閒步物華新山城日暖孕奇卉水國風

清絶俗塵鴛戲小溪驚浣女牛來狹路阻行人東王難解烽烟厄對此晴光百感頻

和姚味辛三十感懷原韻　前　人

大地無端動戍鼙幾多閨夢到遼西干戈擾攘爭蝸角荆棘縱横碍馬蹏白雪常吟君獨逸下風甘拜首頻低自慚十載成虛長歲序而今不忍提

英雄事事率天真武緯文經萃一身慷慨從戎懷壯志雍容入幕作嘉賓陳琳草檄傳千古項羽談兵敵萬人回憶南星初見日翩翩年少已嶙峋

聞郴州彭皖舟歸家　前　人

故人一別不勝愁為國勤勞賦遠游南北奔波經萬里參商睽隔已三秋江豚時出風濤險石燕紛飛烟雨稠如此江湖行不得羨君罷釣唱歸舟

鷺江月夜泛舟　　前人

日暗旅窗動客愁鷺江且自泛扁舟高低人影一輪月上下燈光兩岸樓金鼓還聞疑赤壁笙歌靜引豈丹邱堪憐海內繁華地未盡良宵快意遊

清明日寄內　　前人

從征豈是覓封侯楊柳青青我亦愁夢裡還家偏易醒戍中作客竟長留頻來梁燕非新主偶看池魚訝白頭任是清明天氣

好何心結伴賦春游

亭亭月夜贈雲航　　前人

烟雲過眼豈關情小築亭亭寄此生花影留窗詩獨逸月光伴榻夢常清跡疎冠蓋動名淡交篤朋儕肝膽傾此日纏綿頻聚首他時何以別銀城

月夜贈原白　　前人

有客乘夜來推門月同入未幾送客歸月亦留不及奇哉此客果何人明月底事最相親豈即是客之前身不然我只送客不送月胡為客歸月亦没茫茫獨自立階前此心長隨客與月

明月吟　　前人

紗窗夜靜香消篆佳人獨坐思輾轉忽然明月掛天空私心欲問廣寒宮人謂至明莫如月妾何望去終朦朧噫吁嘻明月不如明鏡明明鏡照人清復清倘能明月如明鏡萬里得見意中人

和斯道卿銅魚客感韻　李煒章

大地霜凝草木摧撫時惆悵獨徘徊朦朧月色明還暗泙湃潮流去復來一線陽生和氣動數番花信惠風催衆心猶悸秋間事話到流離倍覺哀

月透紗窗竹影斜還聞數處動悲茄煮茶暖酒添爐火對飲縱談剪燭花大好河山爲刹數可珍歲月等朝華支離末學流虛慢世道淪亡劇痛嗟

詩酒賡酬興味長酣歌舞劍且徜徉時逢令節羈邊境每觸征人念故鄉粟祿無能誠自愧馳驅遠道為誰忙悲來樂去無憑準隨意塗鴉笑大方

相交最愛性中人未慣裝腔但率真對月飛觴乘興醉賦詩得句笑容頻胸中城府無遺障眼底鶯花不計春參透世情行樂好狂歌放棹曲江濱

前題　石國柱

賸有圖南翼未摧帖天雲跡獨徘徊丸泥誰遣封關去匹馬人爭市骨來自是聊城飛箭在不須翰海羽書催太倉一粟生如寄庾信江南底事哀

去時相送夕陽斜何日歸來競鼓笳睡起爬搔浮眼纈歗餘舒
卷發心花消愁賴有青州客顧我應無夢綠華未慣蝦蟇真負
腹巾寬帶落枉咨嗟

試問青天路短長心隨飛雁欲彷徉鼠肝蟲臂憐身世鱸膾蓴
羹憶故鄉蠻語未妨裁句好簿書不抵看山忙江邊艀艋征旗
捶蝸角何時罷一方

須信淵明是可人南窗嘯傲寄天真平生不識營三窟世事由
來等一塵苦雨終風還解霽歲窮寒盡也回春會當一鼓王郎
興帶月乘舟刻水濱

和道鄉四十自述韻　石鐸

使君莫自嘆蹉跎秉燭夜遊歡幾何彭澤琴心弦外在輞川詩意畫中多淋漓墨跡家藏久君曾惠我墨跡數種冷淡生涯客邸過朝起推窗江上望宦遊似艇逐風波

東園一別幾經旬深喜丹青擅寫真衣缽羨君傳愛女簿書似我嘆勞人清狂校尉能容物通雅司徒欲避塵世上最難三樂備揚名况復顯雙親

前題　　高葵勳

作吏無才報稱難敢將時會話辛酸與君拚酒狂依舊奈我敲詩興漸闌一自烽烟生海內未甘身世誤儒冠傷心最是紅羊刼滿地哀鴻不忍看

半生歲月幾蹉跎不惑年華喚奈何驅鱷尚聞遺迹在亡羊誰信補牢多饒平城外吹笳競分水關前策馬過直抵黃龍同痛飲豈知平地起風波

苦戰關山又幾旬歸來疑是夢耶真談兵虎帳無餘子置酒蝸廬有故人但願兵戈銷日月不妨書劍老風塵蠻天瘴雨燕山淚高會何時再懇親

●

險阻艱難久備嘗一肩琴劍卸行裝海疆未靖風雲緊嶺嶠長征歲月忙聞道北庭重遣使從茲南粵不稱王美人香草歸唫管空谷無言亦自芳

無題　　前人

漫道無情勝有情愁懷隨地苦相縈言聽悔被青蠅誤駕返難教紫鳳迎神女因緣雲聚散嫦娥心事月虧盈一將錯字分明寫鐵萃九州鑄不成

和斯道鄉四十自述韻　黃公客

羨君能補壽蹉跎看破人生值幾何春滿甕頭新酒熟吟成驢背好詩多長圓明月天倫樂笑對空山魑魅過莫上江樓觀海水狂瀾過後有餘波

酸鹹世味過來嘗餘興猶傳道子裝四十功名强仕好三千客路羽書忙綵衣行樂老萊子畫筆傳神顧野王松柏青青蘭桂秀祝君為譜滿庭芳

前題　陳兆麟

年來身世感蹉跎歷蝎宮臨喚奈何聞道生才終有用還欣去日尚無多自寬妙語吟詩笑日遣牢愁帶醉過可惜靈均非曠達無情湘水肯隨波

前題　姚琮

百戰餘生不畏難氷霜歷盡斷寒酸沙場歷落金鞭急帷幄籌商玉漏闌酣戰揮戈頻返日憤時怒髮每衝冠知君愛國腸多熱露布草成馬上看

勸君慎勿怨蹉跎大陸飄搖可奈何著作等身麟角少功名亂世鯽魚多賦詩橫槊客中慣緩帶輕裘馬上過萬里隨征聊復

爾看他宦海起風波

閱盡滄桑到四旬依然爛熳葆天真聰明易誤奇男子君有一生誤盡半聰明句利祿難羈不世人游慢儵魚忘白水夢深蝴蝶脫紅塵孤高如此交應少詩酒因緣徧覺親

文讌筵開嗔客嘗詩囊添重嶺南裝驚人語妙流傳遍倚馬才高唱和忙酒後談情懷管鮑毫顛騰彩擅鍾王一枝蘭蕙尤鮮艷乘興披來滿室芳

前題

楊超

爲國奔波不計難知多豪氣洗儒酸崎嶇世路天將老風雨江關歲又闌作賦閒愁揮醉筆從征壯志博雄冠代謀自是書生

事好作兵胸小范看

韶光逝水易蹉跎爭奈征途棖觸何肝膽之間知己少詩書以外閱人多嚴霜鼉鼓宵分感海嶠狼烟眼底過殺賊歸來還草檄揮旗到處靜風波

年華我亦有三旬同氣相交意自真抵掌痛談天下計盟心肯讓古來人胸無介蒂能容物品自風流迥出塵腕底幽蘭樽底酒一般臭味最相親

荔枝風味也堪嘗豈為功名着武裝舞劍常思祖逖勇揮戈慢笑魯陽忙息時論道謀非左興到揮蘭品自王胸有千秋學於古博將青史記名芳

前題　鄭鳳清

治國猶庖導窾難調羹終究仗鹽酸如君四十年方壯殺敵三千興未闌儒將風流懷彩筆英雄氣概仰雄冠客中祝壽無珍品聊續貂兮博笑看

未應作客怨蹉跎詩酒賡酬樂若何極目天涯知己少寄身蝸角感懷多青山紅樹鄉關杳美景良辰客裏過遍地荆榛芟未盡那堪一葉釣烟波

前題　任丹

賦性堅剛不畏難半生歷盡苦和酸樽開北海辰初度詩詠南山興未闌投筆惟存恢祖國從戎莫慢笑儒冠閒憑俠氣傳書

畫富貴浮雲一例看

年華莫自歎蹉跎德望如公有幾何預慶錫齡符九老還欣酌兕祝三多經天事業回頭在流水光陰轉眼過道味濃時世味淡笑看宦海激風波

福算今方及四旬最難爛熳葆天真西湖靈秀鍾名士南極光輝屬老人三代同堂饒樂趣隻身異域歷征塵風流不愧稱儒將何幸相逢笑語親

家庭樂趣已深嘗更喜從軍來武裝堂上曾經眉壽祝膝前又着綵衣忙無聞垂誡思先哲不惑延年仰素王他日特賡鳩杖錫耆英會上姓名芳

前題　　費攻誤

關心家國兩艱難學問深時耐苦酸强仕却符金鎖甲閑情好倩玉遮闌寫蘭日事江郎筆佩劍心雄仲氏冠今日年華纔不惑浮雲富貴等閒看

風霜況味已深嘗為國馳驅着武裝天趣喧傳名士派風懷詠寫美人忙魯連義不稱秦帝陸賈何難説趙王百壽圖成今未半年年此日頌芬芳

前題　　呉綸

感懷身世總蹉跎未學操刀笑尹何曉悵風迴孤角壯晴巒景駐薄雯多衣冠百代興亡恨烽火十洲歲月過今日鳴鼉瞻氣

概森森匣影照流波
蒹葭白露已蒹旬客裏長吟抱我真盃酒痛澆如意菊英雄信
屬有情人清霜夢醒邊營月香草思迷驛路塵無賴空山雲出
岫去違家國住違親

次徐原白閩南客感韻　　費攻誤

滿地江湖任去留書生有願未能酬十年失計仍為客一醉無
心聊解愁奇節每於窮處見名山強似夢中遊聲聲杜宇催歸
去不為風波也合休

銀城晚眺　　林燚

愴然獨步出城東古木歸鴉噪晚風宿草將凋無奈綠斜陽欲

墮可憐紅荒城劫後炊烟冷邊塞秋深落葉空最是望鄉腸斷
處橫天度鴈一聲中

哭陣亡士兵　　前人

烽火關山夢未成追思往事更傷情憤時賈誼生多愧決戰魯
陽死有名身殞天涯拋骨肉魂從泉下祝和平罡風吹我頻揮
淚怕點班行子弟兵

春日郊望　　前人

四郊浩蕩雨初勻淺白深紅點綴新老樹枝頭花弄色綠楊堤
畔鳥鳴春牧童橫笛斜陽外漁父垂竿古渡濱眼底風光撩客
思賦歸何日樂天真

和姚味辛三十述懷韻　周瑋

从戎南疆話鼓鼙鷄聲頻聽月斜西長途霜雪侵金甲亂石風沙脱馬蹄窘步崎嶇悲路遠高懷奮發覺天低少年同學惟君在猶是征衫互挈提

剪燭西窗話更親撫今追昔得詩新鵾鵬自是翔天地鸞鳳終非止棘荆白眼高歌成一癖黄壚小醉竟三春風流倜儻誠堪羨道左降車拜後塵

雜思　前人

壯歲那知世道窮昂然仗策走西東半生書劒江湖上十載功名戎馬中客路霜花侵鬢白沙場戰血染袍紅於今回首仍依

舊殷浩常書咄咄空
太息中原久暴師山河破碎局難支長江南北鴻溝畫大地風雲羽檄馳烽火連天仍未息榛荆徧地欲何之鄉關遼濶長離别叙言音書苦繫思

吊陣亡士兵　　葉衍桐

慨歎同袍劇戰亡聊將杯酒吊溟茫拋家赴敵心何壯為國捐軀志可傷縹緲靈魂歸梓里氤氳寃氣結沙場斜陽衰草凄凉甚回首相看淚滿裳

閩南歲暮感懷　　前人

茫茫何處是家鄉滿目風雲惹恨長此日情懷難解釋連年踪

跡歎踉蹌梅花處處愁開眼朧鼓聲聲聽斷腸駒隙光陰留不得偶然撫髀獨徬徨

乘福康艦南下　　姚琮

一帆縹緲趁朝暉萬里長風掣虎旗海面雲開紅日湧船頭浪急白花飛詩成豪氣横銀漢水映寒光罩鐵衣十萬健兒齊努力此行好解白登圍

三十感懷　　前人

卅載郊原聽鼓鼙奔馳南北又東西半生事業成雞肋萬里關山怯馬蹄黄葉飛殘鷺島冷白雲望斷許峯低遠遊祗覺身心苦舊事於今怕再提

飄零塵世率天真只有琴書伴此身參透人情常棘手笑談風月每延賓嵇康疏懶惟貪睡劉四猖狂慣罵人此道而今相左甚阿儂稜角太嶙峋

將雨　　前人

久旱田家甚急皇忽然平地舞商羊雲濃催得行人急風驟撥成竹葉忙未雨芭蕉先競戰將飛燕雀轉深藏農人喜煞承甘霖槹木暫停引領望同安灌田多用槹木取水殆古風也

遊梵天寺步林女士題壁韻　　楊超

輪山突兀勢摩空劫後秋光氣尚融野樹半焦舒嫩色落花無主冷香踪荒烟隔斷江邊路烽火燒沉日暮鐘吟到白雲天欲

晚明朝重上最高峯

和徐子原白閣南客感韻　前人

凄風苦雨遍江城時事離奇百變生舉世誰能尚節氣誤人畢竟是功名闕懷塞北吟詩苦落魄天南載酒行如此潮流如此勢支持無術暗擔驚

萬時有淚墮繽紛徧地龍蛇蔽惡氛碧海未曾平駭浪黃山忽又幻奇雲擎天誰挾屠龍技市骨人爭索馬羣到底得車輸舐痔歌聲哀怨大江聞

從戎敢說不雄風血漬征袍暗染紅國運横遭烽火劫劍光誠射斗牛宮冀逢俠骨飄湖海為繪鬚眉買畫簡自顧頭顱還自

笑鬢絲斑白亂聲中
韶華逝水去難留劍匣空懸恨未酬千古聰明多歷劫百般悵觸是離愁非將黑海餘腥濯安得名山快意遊大地茫茫歸未得此生合與國同休

和斯道卿銅魚客感韻　　都宗祁

絕塞風寒木葉摧闌懷家國獨徘徊怪雲時見層層起瑞雪何曾片片來歲暮羽書猶疊至年殘朧鼓怕頻催征夫久戍鄉關遠杜老兵車劇可哀
寂寂邊城日影斜旌旗影處動悲笳忽看寒樹飄殘葉疑似春風掃落花過眼功名成夢幻怡情山水謝繁華光陰荏苒繁霜

鬢撫髀蹉跎暗自嗟

千里逢君情更長銅魚石畔共徜徉最難僚友為詩友且在他鄉話故鄉浪跡江湖憐我老忘機鷗鷺笑人忙奔波萬里緣何事蝸角相持各一方

艱難歷盡好為人莫染繁華失素真足跡從來疎懶慣權門不喜往來頻朗吟唐宋琳琅句閒逐郊原浩蕩春解得其中行樂處何妨蓬跡滯江濱

前題　　鄭鳳清

萬木經霜次第摧斜陽影裏獨徘徊鷺江景物因時異鴛水風光入夢來點點寒梅和月冷聲聲臘鼓隔年催客中換歲曾經

慣底事今番倍覺哀
蕭蕭落木夕陽斜衰草荒墟隱暮笳家國阽危如累卵人民離散等飛花士逢知己身甘死境到艱時鬢欲華胡後市塵餘瓦礫滄桑變幻獨咨嗟

感懷　　胡拯民

頻年作客苦羈留慘澹風雲無限愁大地已無乾淨土長江不盡古今流傷心似我空孤憤報國何人快復讎哭向西風形影瘦壯懷私願未曾酬

夏日　　於達

大傘高張早稻黃簾開水殿[illegible]忙蟬聲繞屋垂楊軟橋影橫

波短艇藏未得西湖菱角俏偏嘗南國荔枝香呼童掃榻開樽酒醉枕南柯夢一場

茂芝前閒眺　前　人

綠竹猗猗接畫堤閑行經過板橋西斜陽隱約樓臺靜暮靄蒼茫野樹迷牧豕兒童頭戴笠罷耕少婦足留泥老農不解興亡恨閒坐籬邊話鼓鼙

步斯園附道卿銅魚客感韻　前　人

秋盡鷺江木未摧呼朋携酒共徘徊相邀賞菊東籬去不見征鴻北地來別路三千關塞阻雄師十萬羽書催他年高唱平蠻曲莫譜商聲字字哀

宿草凋残一道斜城樓高處隱悲笳風吹蘆荻漫天絮烟護芙蓉隔水花荒塚毘連聞鬼哭頽垣零落壓霜華三千色相原空幻聚散無常莫自嗟

前題　任丹

冬盡閩南木未摧銀城閒眺獨徘徊山環郭外偕青至樹合村邊送緑來客久不知人老去衣單只怕歲寒催男兒雖具擎天志異地羈留總可哀

客路三千倍覺長邊城無意肆徜徉時經舊歲更新歲身在他鄉憶故鄉弄笛輸跨牛背逸揮戈笑逐馬蹄忙焭焭獨立頻回首縹緲家山各一方

步斯園附道鄉出征紀念韻　前人

蕭蕭征馬別錢塘此日回思暗自傷祀灶恰逢週歲月離家又閱一星霜彌天雨雪催人老遍地烽烟引恨長甌海鷺江經兩易萍蹤猶是滯他鄉

同安軍次感懷　胡文衡

十年杜牧枉談兵耗盡心機未有名涉世自知才學淺從軍已分死生輕一身坎坷眉常蹙百事蹉跎夢亦驚辜負當年投筆意摩挲劍匣淚縱橫

感懷　前人

駒光一擲廿年餘應世自慚學術疎名利驅人走牛馬風塵老

我困塩車烟霞石屋心常往竹杖芒鞋願豈虛未得拂衣歸去也幾回搔首費躊躇

和徐君原白閩南客感韻　嚴傑

烽烟暫息客邊城沽酒排愁論死生棖觸風雲揮熱淚感懷身世絆浮名一生國是關情切萬里征途伴月行偶向小溪橋上立清癯瘦影惹鷗驚

除夕感懷　陳思約

五年五處度新歲欲息勞軀未有期家室累人移素志別離惹我苦相思登樓王粲悲如許作賦江淹恨可知除夕消愁無善計倒殘柏酒且題詩

爆竹聲兼畫角聲終宵側耳聽分明鄉心撩亂愁難遣客思淒清夢不成豈為功名常遠戍只緣衣食誤平生卅年往事杯中雪回首從前涕淚橫

潯鄉晚眺　趙玉泰

却愛村前水一灣斜陽明滅浴鷗閒晚風料峭來孤艇暮靄蒼茫送遠山漁子高歌偕月返獵夫含笑帶禽還徘徊四顧無相識淪落天涯望故關

和斯團附道鄉銅魚客感韻　葉臨春

慘淡雲烟日影斜征夫邊塞聽胡笳望鄉遼濶腸應斷涉世虛浮眼欲花太息銅駝沒荊棘剩餘鐵血老年華紛紛逐鹿何時

息國勢飄搖空自嗟

浙水閩山別路長天寒日暮獨徜徉賦詩行樂求知己借酒淘愁入醉鄉少壯光陰空自去衰殘歲月促人忙堂前鶴髮望穿眼尚為功名客遠方

前題　吳中偉

刁斗聲殘月影斜徬徨中夜聽胡笳紓籌自愧胸無竹閱世偏能眼不花寂寂天心延浩刼怱怱人事促韶華民生顛沛何須問破碎河山劇痛嗟

前題　鄭波

霜落荒城草木摧斜陽影裏獨徘徊寒風蕭瑟江邊起飛鴈縱

橫塞外來跡涸紅塵難擺脫愁多白髮易相催客中歲月無聊甚況復時聞杜宇哀

天寒風急雁行斜幾聽邊城奏暮笳世事榮枯原上草人生富貴眼前花青陽逼歲愁行客白墮開尊醉物華滄海桑田彈指頃及時行樂不須嗟

世變如何愁緒長狂歌肆志且徜徉偶巡花塢尋詩意遠眄青帘入醉鄉啼血子規驚客夢多言鸚鵡笑人忙風塵況味都嘗慣奔走連年寄四方

稍染繁華便誤人非經磨折易忘真天涯恨事言難盡客裏新愁淚滴頻時序不堪雙鬢改旅情怕見一年春乾坤到處風雲

起願伴浮鷗泛水濱

同安軍中書感　　前人

荒城日暮獨徬徨雁影橫空破夕陽淚濺塞花常作客愁生邊檄每思鄉邦交四面侵中土兵禍三年苦萬方堪嘆幾多名勝地於今處處作沙場

天寒歲暮欲何之萬里鄉關動客思未見良朋情可耐獨思老母淚常垂一生寄興惟詩酒千古傷心是別離草綠王孫猶作客怕聞杜宇五更啼

二十光陰轉眼過浮生若夢悔蹉跎酒逢半醉猶嫌少花到全開似覺多往事盈虧如夜月新愁消漲似春波飄零身世渾無

定自墮漩渦可奈何

同聲集卷下終

附録

童保喧軍次厦門詩輯録

洪峻峰　整理

軍次厦門有感

中流擊楫濟時艱，橫海南征過閩關。吾氣未銷紅日裏，遐思尚在白雲間。
珠江風雨狂尤昔，臺島旌旗色久殷。舊恨新愁多少事，幾迴按劍問天寰。
（一九一八年五月二日）

游南普陀寺

五老峰前寺，鷺江第一山。鐘聲平海浪，石幛鎖禪關。曲徑通穹宇，摩崖寄往還。
幾朝征戰績，都付一巖間。
（一九一八年五月六日）

江東橋

夾江疊嶂入雲霄，橫鎖中流虎渡橋。西去漳州三十里，征船滿帶午時潮。
（一九一八年五月二十一日）

南征曲（三首）

日誦唐代詩，夜夢家鄉月。雲樹遠含情，征人悲感切。

溪水流入江，江水流入海。風送午時潮，澎湃如對壘。

栽樹先培根，栽苗先去莠。將軍馬跡新，春滿征衣袖。

（一九一八年五月二十五日）

漳州

漳州自古著嚴疆，北負芝山南俯江。悍俗於今爲善俗，紫陽遺韻水流長。

（一九一八年五月二十六日）

西溪舟中早起

涼風習習襲衣襟，醉卧船頭雨露侵。兩岸青山隨水曲，征帆十里入雲深。

（一九一八年五月二十七日）

西溪舟中口占

一山一山又一山，片帆深入白雲間。軍聲早已威南服，滿路峰巒盡列班。

（一九一八年五月二十七日）

小溪早起口占贈送王吳葉張四氏先赴平和

溪樓眠聽雨，郵店起聞鷄。百里平和路，行程在日西。

（一九一八年五月二十九日）

赴平和途中

旌旗滿谷向平和，未到平和路若何？嶺上橫雲堪入畫，溪間流石譜成歌。
軍中遇雨征袍重，馬上看山挹秀多。黃鳥聲聲啼壑裏，前程已有萬人過。
（一九一八年五月二十九日）

崎嶺馬上口占壯勵將士

萬壑千山曙色寒，啼猿飛霧滿征鞍。青蓮畢竟詩文士，那有軍人行路難。
（一九一八年五月三十日）

駐軍平和

帳裏憑傳更柝鳴，大峰曙色映戎旌。中原文化王開府，越國男兒戚總兵。
五月南征多炎暑，三軍壯氣薄雲星。河頭溪接韓江水，翹首番禺指日程。
（一九一八年六月五日）

聞永定失守示將士

羽報傳來失永城，龍巖草木一時驚。將軍自有回天策，待下饒平且論兵。

（一九一八年六月五日）

三望嶺戰役

天生關隘扼三軍，兩陣圓時日已醺〔曛〕。賴有偏師從側道，萬山草木逐奔雲。

（一九一八年六月十五日）

水口山戰役

戎旌深入粵南疆，山鎖溪流敵陣良。夜半生機存一綫，三軍將士誓同亡。

（一九一八年六月十五日）

克復饒平感懷

雄師七夜克饒平，城外溪流依舊橫。風雨連天寒夏日，山河經燹近秋情。
羞將戰績詳軍報，怕聽生民吁苦聲。兩粵川湘千萬里，幾時同罷弟兄爭。
（一九一八年六月十八日）

夏日得雨偶占

迴風驅屋暑，初雨帶晴香。誰識山城趣，帳中午夢長。
（一九一八年六月三十日）

饒平夏日

夏日如年永，山城入夜凉。層雲連列嶂，驟雨鎖斜陽。戰士長征苦，農家新獲忙。
帳間虛倚劍，早把殺機忘。
（一九一八年七月二十七日）

由詔安赴銅山（現名東山）

軍退詔安道，行旌對早唏。潮遲爲港曲，山瘦覺雲肥。風勁蟬鳴樹，舟輕浪襲衣。
今宵銅嶺月，海上滿清輝。
（一九一八年九月十二日）

訪黄石齋先生故里

倥偬走馬拜先生，故里蒼凉在海城。三百年前君國事，秋潮猶作恨亡聲。
（一九一八年九月十三日）

巡視同安

半年戎馬還南嶺，一夜秋潮到石潯。稚耆載途鳴爆竹，感恩原爲受災深。
（一九一八年十一月二日）

巡視戰綫有感

閩粵傳烽火，汀漳盡失謀。草秋黄没脛，月夜白當頭。下有睢陽守，徑貼河内羞。街亭兵敗日，焦恨武鄉侯。

（一九一八年十一月四日）

即席聯句

軍次厦門島（童），旌旗海上揚。柳營刁鬥肅（張），毳幕角弓藏。

雁羽風增力（陳），旆頭夜斂芒。鐃歌欣得寶，彩筆賦催妝。（石）

春滿黄金屋，樽開緑野堂。八鸞迎蹶里，千騎擁東方。（張）

共晋葡萄酒，雙棲玳瑁樑。（孔）横波嬌不語，姍步晤添香。（石）

公幹任平視（張），司勛欲維狂。（林）鵲橋仍七夕，鴻案慶三陽。（石）

樛木元妃迷，蘋蘩委女將。（張）月星交掩映，經素費平章。（林）

艷福婦名將，温柔讓此鄉。（孔）容華鮮翡翠，福禄集鴛鴦。

妝略閩南展，英聲薊北翔。（王）　生涯憑馬上，娶婦似蘄王。（童）

（一九一八年十一月十九日）

【註】是日童保喧娶昭容陸氏，此爲婚宴席上與諸幕友聯句。童即童保喧，張、陳、石、孔、林、王，分别是張仲純、陳汝舟、石鍾素、孔遜父、林百藏、王惟。

送吴警心營附返浙用留别原韻

赤城奚子爲公旋，千里關山各一天。吴下詩才歸白也，閩中名將少朱然。
鄉人若問憑君報，訓士何妨用孟遷。此去西湖明月好，梅花嶺上話前緣。
幾迴騷〔搔〕首幾迴旋，客别又逢長至天。佳節思親難自已，臨歧把酒倍淒然。
菊花未老梅初放，鄉報到時悵恐遷。北返征雲遥海闊，情愁多少付詩緣。

（一九一八年十二月二十四日）

視師灌口唱和

離離原上草，壘壘戰場墳。（童）眼前鵝鸛整，生死岳家軍。（石）

（一九一八年十二月三十一日）

【註】石即石丹生團長。《童保喧日記》云：『余口占二句，命石團長續之。』

八年元日由灌口赴同安途中追贈石丹生團長

元日簡師旅，西南未罷兵。綿綿戰壘雨，隱隱敵槍聲。一路看雲樹，千秋憶柳營。

人民塗炭久，嚴守待時平。

（一九一九年元日）

視師同安示諸將

昨夜下春雨，今朝起早晴。溪流横北郭，原野出東城。未撤咸陽戍，誰還灞上兵。

諸君多勇決，莫作後功名。（借句）

（一九一九年一月二日）

【註】『莫作後功名』，借句杜甫《奉送郭中丞兼太僕卿充隴右節度使三十韻》：『安邊仍扈從，莫作後功名。』

送吴組群諮議返杭州用留别原韻（三首）

未脱征袍未解鞍，三秋明月萬人看。車薪毫末難爲喻，到底糊塗似吕端。

不辭時事冒千嫌，國病還需國手砭。戍久時寒逢客别，海天落日起遐瞻。

北風吹緊雁歸還，錯節盤根識巨艱。知己從來憑急難，幽思多自出清閒。

（一九一九年一月七日）

送眷返里

滿地驚烽火，離情可奈何。他鄉頻作客，亂世久荷戈。明月西湖好，青山故里多。

舊居傍水曲，歸去理田禾。

（一九一九年一月十一日）

答石鍾素團長四十述懷三十韻

民國八年春，使君逢四十。聲譽滿三軍，襟懷託篇什。自少耻爲儒，及壯奮投筆。題柱懷相如，擊楫憶祖逖。歐海秋月高，錢塘夜潮急。志氣雲霄上，生涯羈旅日。大地運化轉，海疆日益辟。治國在自强，修身在自立。乞學赴瀛洲，觀光啓蓬蓽。險經萬里濤，饑咽三島食。東鄰授錦書，北苑駐金勒。（君卒業日本士官學校，歸爲禁衛軍管帶。）异才冠群秀，絶技少匹敵。朝戲箭穿楊，夕射羽没石。銛鋒威胡人，劍氣動斗極。（君善彈擊及劍術。）槍過鳥獸驚，術試鬼神泣。（君喜獵兼善催眠術，往往有奇驗。）親逢社稷新，杖策間歸浙。已入開府幕，曾主教壇席。（君歸浙任陸軍小學校長，後調第六師參謀官。）乘時雕鶚才，鳴主驊騮德。（丙辰洪憲稱帝，浙省獨立，葉師長希去任，君終始其主，餘甚重之。）

奉令值南征，整隊當春發。潮城下晨昏，變亂出倉卒。平漢山色改，黃岡河水咽。死戰未能行，全軍盡改轍。（潮城將下，陳團叛變時，君留守饒平，聞信親來浮山，力主死戰，以軍心動摇未行。）饒平城上雲，乳姑山下血。（派君赴饒平招撫叛卒未就，復還浮山，聞軍械船被劫，漏夜赴乳姑山，組死士數百人襲之。）漏夜督死士，到今稱勇決。十載參戎機，一朝持旌節。交誓山河固，功成天地闊。漢戍控匈奴，唐兵防突厥。未許多開邊，奈何張殺伐。斯民已憔悴，國耻尚未雪。勒馬望長空，努力建功烈。

（一九一九年二月十三日）

贈薑秘書長際青兼呈培帥用來詩韻

儒術千秋事，英名百戰身。興朝多宿將，曠代有奇人。御史能規主，參軍獨慕親。天南春氣早，花影滿衣巾。

（一九一九年三月四日）

宗兄鄂川自家返厦

朋舊家鄉至，轉增遊子愁。南天如四月，北地尚重裘。堂上椿萱健，田中禾菽收。父兄更囑問，征戰幾時休？

（一九一九年三月九日）

春日晚步感賦

一日清明一日陰，榮華瞬息百年心。野蜂趨艷喧花底，飛鳥因風落杏林。遼海夢成閨怨重，關中報到戰雲深。酒旗摇曳春江影，晚步歸來暮色沉。

（一九一九年三月十一日）

春日早起

笳聲清咽鳥聲嗔，驚起南窗高卧人。五〔午〕夜夢魂千里容〔客〕，半簾曉日一庭春。明花宿雨如寒露，醉眠晴山滿落塵。海上東風吹不息，烟波盪漾鷺江津。

（一九一九年三月二十日）

榕

未得經霜雪，無才入廟堂。息陰防瘴氣，封植昇甘棠。密葉能遮日，垂根倒出墻。形同松柏古，閩地亦稱王。

（一九一九年三月二十二日）

據寧波縣政協教衛體和文史資料委員會編《童保喧日記》

（寧波出版社二〇〇六年版）輯録、整理